Florian Weiß und
Lucia Jay von Seldeneck

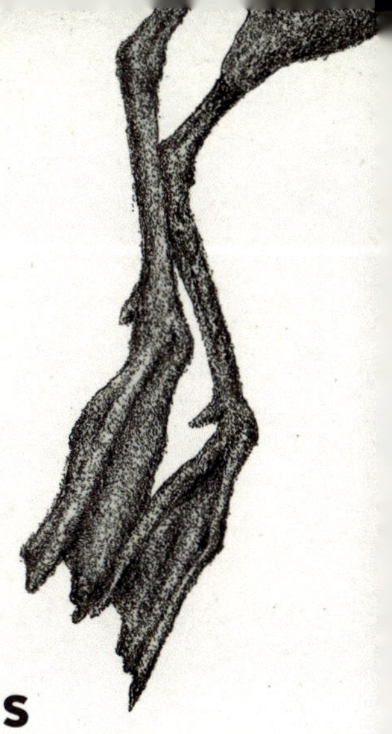

ICH WERDE ÜBER DIESE MERKWÜRDIGKEIT NOCH ETWAS DRUCKEN LASSEN

Tiermeldungen aus zwei Jahrtausenden

KUNSTANSTIFTER

02
03
04
05
06
07
08
09
10
11

12
13
14
15
16
17
18
19
20
21

24 25 26 27 28 29 30 31 32 33
24 25 26 27 28 29 30 31 32 33

Tiermeldungen
aus zwei Jahrtausenden

1970

YUITO TANAKA

Fischer auf der „Hayama Maru", Japan

—— „EIN STURM!" Ich blicke überrascht hoch. Der Himmel ist genauso grau und trüb wie schon den ganzen Morgen über. Nicht ein Lufthauch regt sich. Doch Jirus Blick ist auf den fernen Horizont gerichtet: *„Und zwar schon bald. Wir müssen die Netze einholen."* *„Es ist doch ein ganz ruhiger Morgen"*, erwidere ich, *„die Netze sind noch gar nicht lange im Wasser, und wir haben versprochen, heute im tiefen Meer zu fischen."* Doch ich weiß, dass ich Jiru nicht umstimmen kann. Er ist schon sein Leben lang auf dem Wasser. Seit einem Jahr fahren wir nun gemeinsam auf der „Hayama Maru", werfen die Netze aus und holen sie wieder ein – und wenn Jiru ein Unwetter voraussagt, dann hat er bisher immer recht behalten.

—— *„Wir dürfen Ihn doch nicht enttäuschen …"*, versuche ich es noch einmal, aber Jiru hat schon mit dem Einholen der Netze begonnen. Ich seufze und packe mit an. Wir ziehen die Seile hoch, und ich hole die Gefäße und Eimer, damit sie bereitstehen. Und als wir den Fang erblicken, kann sogar der wortkarge Jiru einen Überraschungslaut nicht unterdrücken. *„Jiru!"*, rufe ich, *„das – das ist die Größte, die wir jemals gefangen haben!"* Für eine Weile beobachten wir schweigend die rhythmischen Bewegungen neben der Bugwand.

—— *„Weißt du, was Er gesagt hat? Er sagte einmal: Sie sind nicht kompliziert, und sie sind schon da seit der Zeit, als das Leben begann."* Jiru macht eine Pause. *„Und noch etwas: Sie lassen das, was um sie herum ist, langsam ein und aus. Sie lassen den Kampf zwischen innen und außen nicht zu."* Ich staune. So viele Worte auf einmal habe ich noch nie aus Jirus Mund gehört.

—— *„Gott wird sehr zufrieden sein"*, sage ich und kann ein Strahlen nicht unterdrücken. Kurze Zeit später steuern wir das Ufer an. Ein Wind kommt auf, der schnell stärker wird und über das Meer peitscht. Die „Hayama Maru" muss gegen hohe Wellen ankämpfen, doch wir erreichen sicher den Hafen. Vielleicht wird Er selbst am Kai warten. Dann wird Er wie immer von Eimer zu Eimer gehen und durch seine dicken Brillengläser hindurch hineinsehen. Und heute, da bin ich mir sicher, heute wird Er lächeln. Heute werden wir das Himmelswesen glücklich gemacht haben.

Chrysaora pacifica

Indopazifik

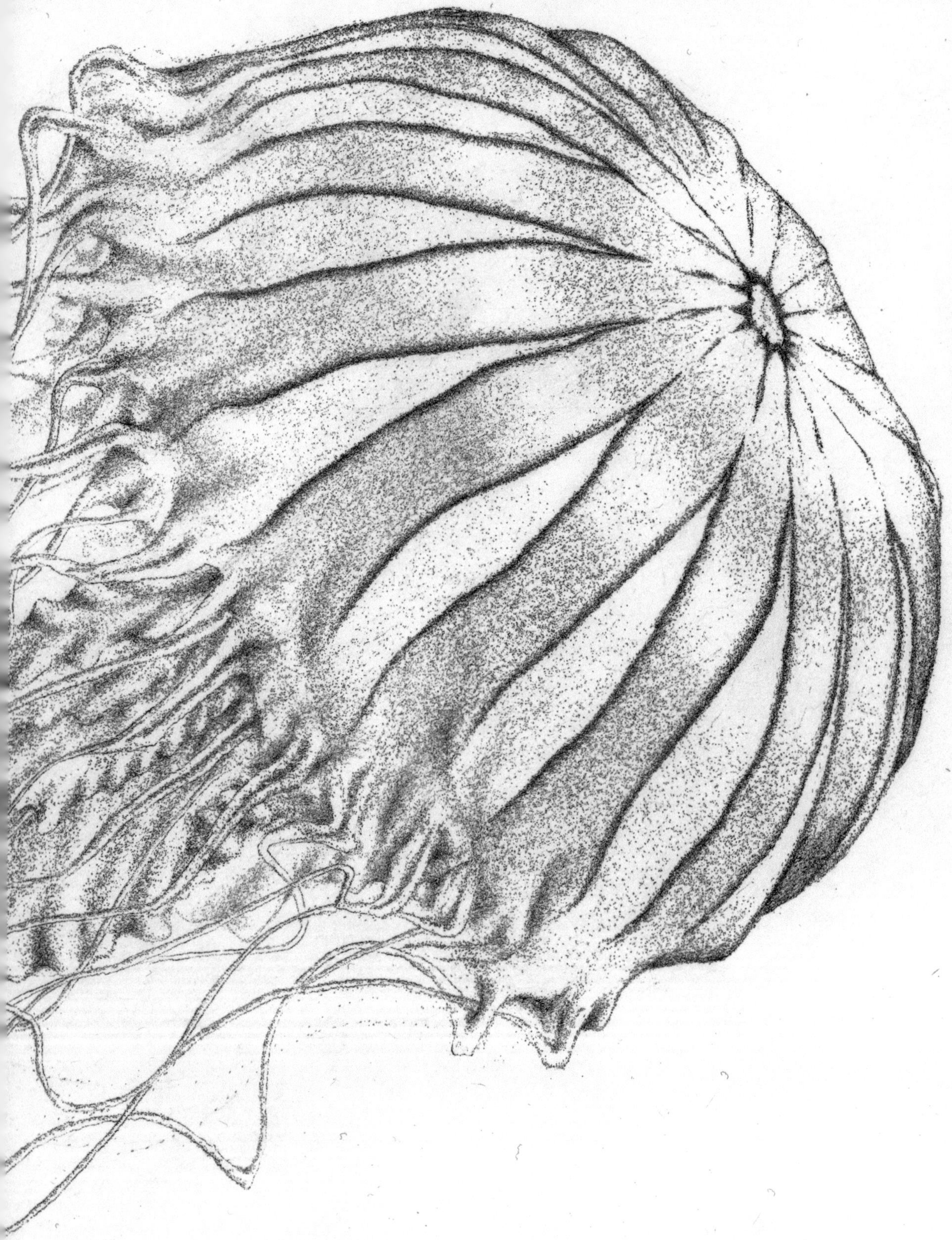

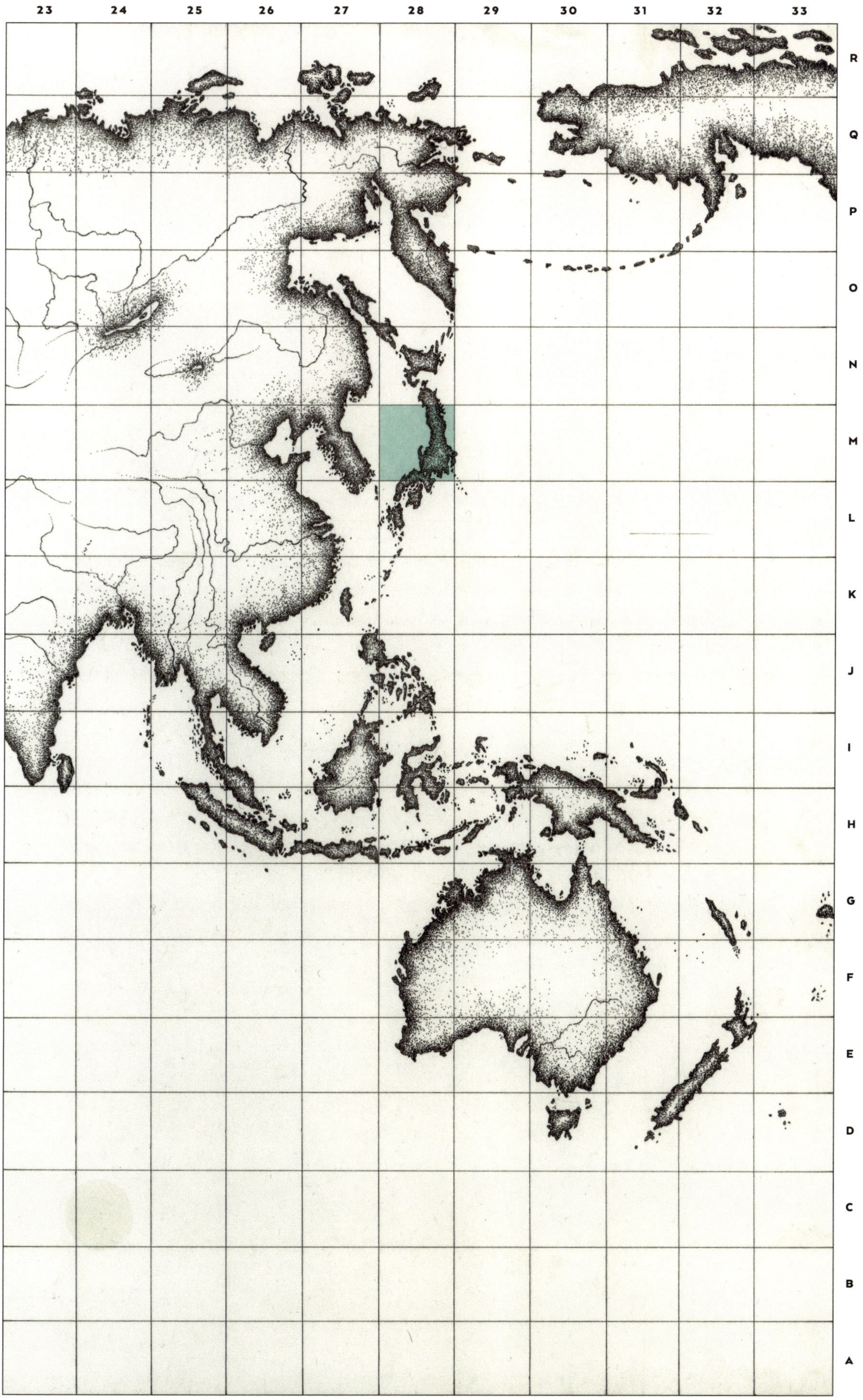
23
24
25
26
27
28
29
30
31
32
33
R
Q
P
O
N
M
L
K
J
I
H
G
F
E
D
C
B
A

2015

JANET CAMERON

Journalistin, Matambwe, Tansania

—— WIE JEDEN MORGEN WARTET KADIRI SCHON IM SCHATTEN auf der anderen Straßenseite. Ich beobachte kurz durch das Fenster, wie er einmal um den Wagen herumgeht und die Wasserkanister prüft. Wie immer trägt er auch heute ein sauberes, faltenfreies Hemd. Ich blicke an meinen durchgeschwitzten Sachen hinunter. Eine Woche lang hat mich Kadiri mit seinem Jeep quer durch das Selous gefahren. Heute ist mein letzter Tag. Die letzte Chance also, um noch eine Herde zu sehen, bevor ich zurückfliege und schon übermorgen wieder in London an meinem Schreibtisch in der Redaktion sitze. Ich trete hinaus auf die Straße. Gleich wird die Sonne aufgehen. *„Jambo Kadiri!"*, rufe ich und klettere auf den Beifahrersitz. *„Jambo"*, sagt Kadiri und startet den Motor.

—— Eine Woche lang Tansania: Ich habe mit den Wildhütern aus dem Reservat gesprochen. Ich konnte mich mit einigen Dorfältesten unterhalten. Und ich habe zwei ausgewachsene tote Bullen gesehen. Ihre Kadaver faulten in der Sonne, einfach liegengelassen, nur die Trophäen sauber abgetrennt. Der Tourismusminister stellte mir stolz die neueste Präventivmaßnahme vor: Jeder Tourist, der in Tansania einreist, bekommt eine SMS, in der er auf die hohen Strafen hingewiesen wird, die ihm auch dann drohen, wenn es nur um den Erwerb von Elfenbein in Kleinmengen geht.

—— Am Ende der Woche habe ich den Eindruck, dass das weiße Gold hier für alle noch immer eine Art Reservewährung ist. Jeder hat es oder kennt jemanden, der es hat. Jeder kennt den Wechselkurs.

—— Die Sonne erreicht die knorrigen Baumkronen und vergoldet jeden Grashalm bis zum Horizont. Und dann sind sie auf einmal da. Sie stehen an der Wasserstelle, als ob sie jeden Morgen hier stehen würden. Und es sind viele! Kadiri und ich beobachten, wie sie trinken. Ein kleines Kalb spritzt die Großen nass. Und da auf einmal beginnt Kadiri zu reden: *„Siehst du es? Die Stoßzähne – selbst bei den großen, ausgewachsenen Tieren sind sie klein, nicht größer als mein Unterarm ..."* Er verstummt. Wir blicken uns an. Kadiri muss nicht weitersprechen, damit ich verstehe, was er meint.

Japanische Kompassqualle

M 28

+++ Der 124. japanische Kaiser, Hirohito, führt zeitlebens ein Doppelleben. Er ist nicht nur Staatsoberhaupt, sondern auch leidenschaftlicher Meeresbiologe.
Bis zu 400 Arten unterschiedlicher Nesseltiere wird er bis zu seinem Tod im Jahr 1989 bestimmen und benennen. Ist ein Fang des kaiserlichen Kutters „Hayama Maru“ besonders außergewöhnlich, wird diesem vom Kammerherr des Kaisers ein eigens gedichteter Haiku gewidmet.
Auch im Gespräch mit der englischen Queen bekennt Hirohito einmal, wofür sein Herz schlägt. Nach einer einstündigen Konversation mit dem Kaiser soll die Queen leicht brüskiert bemerkt haben: „Man kann mit diesem Mann über nichts anderes sprechen als über tropische Fische.“ +++

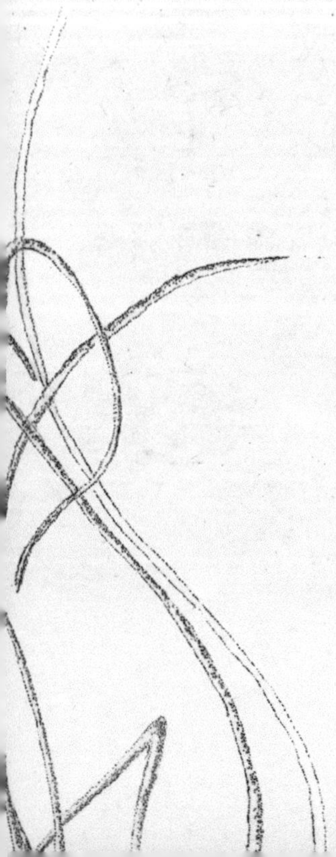

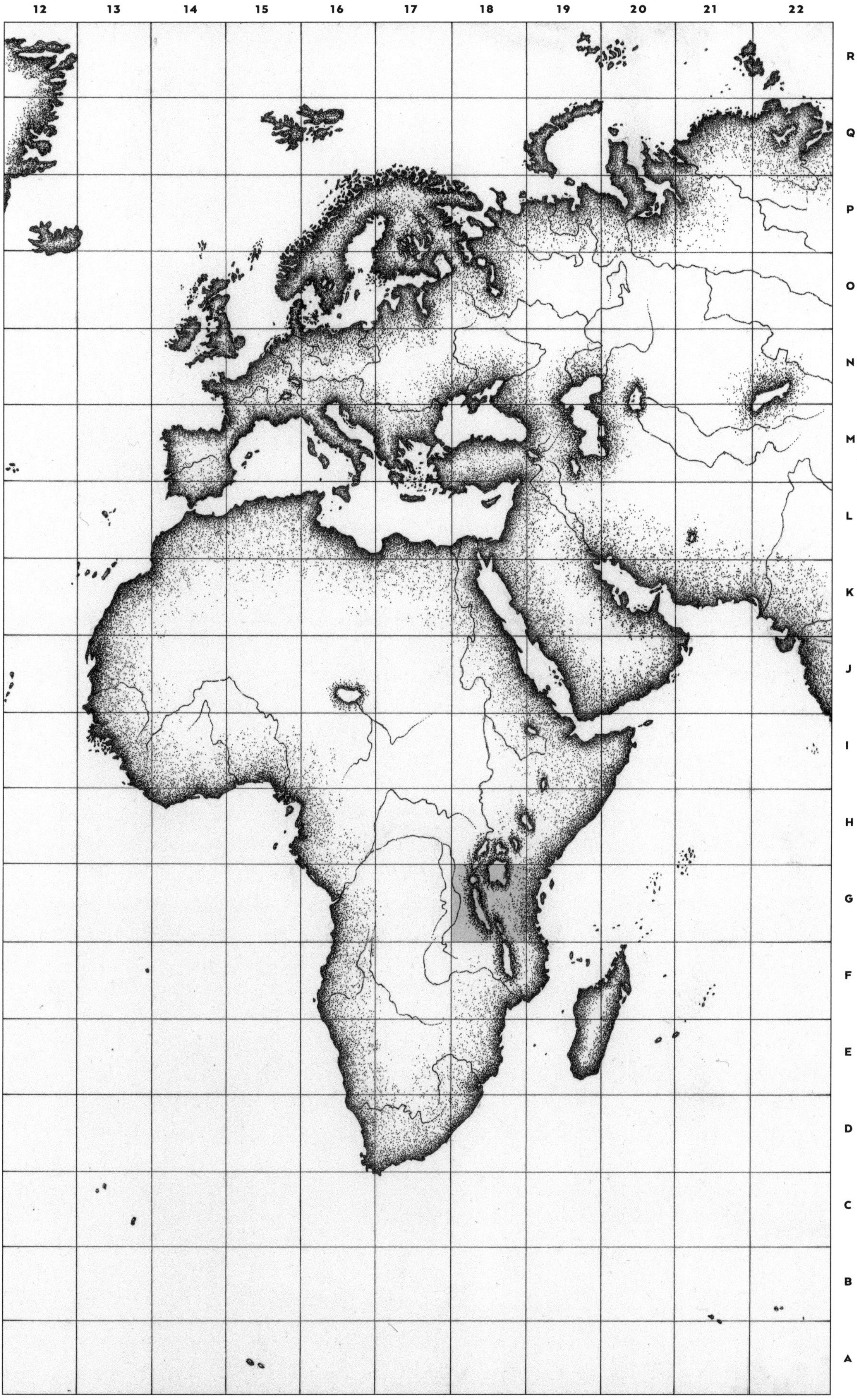
12
13
14
15
16
17
18
19
20
21
22
R
Q
P
O
N
M
L
K
J
I
H
G
F
E
D
C
B
A

2006

JOŽE HORVAT

Sohn des Anton Horvat, Steska-Höhle, Žalec, Slowenien

___ BROMBEEREN! DER GANZE HANG IST VOLL DAVON: undurchdringliches, dorniges, mannshohes Gestrüpp! Aber nur von oben komme ich unbemerkt zum Eingang der Höhle. Ich muss den ganzen Hang hinauf, dann über die Felsen und auf der anderen Seite wieder hinunter. Wenn ich erst in der Höhle bin, ist es ein Kinderspiel: Ich weiß genau, wo sie sind. Es ist mein Geheimnis. Ich habe schließlich schon Hunderte dort rausgeholt und an die Fremden verkauft. Zugegeben, in letzter Zeit ist es schwieriger geworden, die kleinen Braunen zu finden. Es gibt Stellen in der Höhle, wo früher Hunderte von ihnen lebten, und heute ist dort kein einziger mehr. Aber viel schlimmer ist, dass man nur noch in Begleitung von Andrej und den anderen in die Höhle darf. Andrej und seine Nazi-Freunde aus dem Dorf meinen, sie müssten die Höhle beschützen, damit es ihrem kleinen Liebling dort oben gut geht. Damit er nicht ausgerottet wird, bewachen sie den Weg in die Höhle. Damit er ihnen erhalten bleibt und die Wichtigtuer der slowenischen National-Union ihm auch in tausend Jahren noch jedes Jahr am 20. April ihre Opfergaben darbringen können.

___ Im Grunde konnten wir uns nicht beschweren. Es lief gut. Es stimmt zwar, dass es immer mehr wurde mit den Fremden. Sie kamen von überall her nach Žalec: Deutsche, Österreicher, Polen, Italiener, sogar Amerikaner. Aber sie nahmen ja immer bloß ihre Trophäe mit, ließen sich vor der Höhle fotografieren und zahlten uns ein ordentliches Trinkgeld.

___ Jetzt ist alles anders geworden. Nicht nur, dass Andrej und seine Leute sich aufspielen und jedem mit Ärger drohen, der sich ihren neuen Regeln widersetzt – die Fremden, die vor dem Höhlenaufgang abgewiesen werden, finden natürlich trotzdem Mittel und Wege, um an ihre Käfer zu kommen. Sie finden zum Beispiel mich oder meinen Freund Marko. Wir kennen den Geheimweg über den Brombeerhang, auch bei Nacht. Und mit der neuen Stirnlampe finden wir immer noch das eine oder andere besonders fette Exemplar in den felsigen Gängen.

___ So haben die Brombeeren auch ihr Gutes. Schließlich kann ich jetzt das hundertfache von dem verlangen, was ich früher für einen Käfer bekommen habe.

Loxodonta africana

Zentrales und südliches Afrika

Afrikanischer Elefant

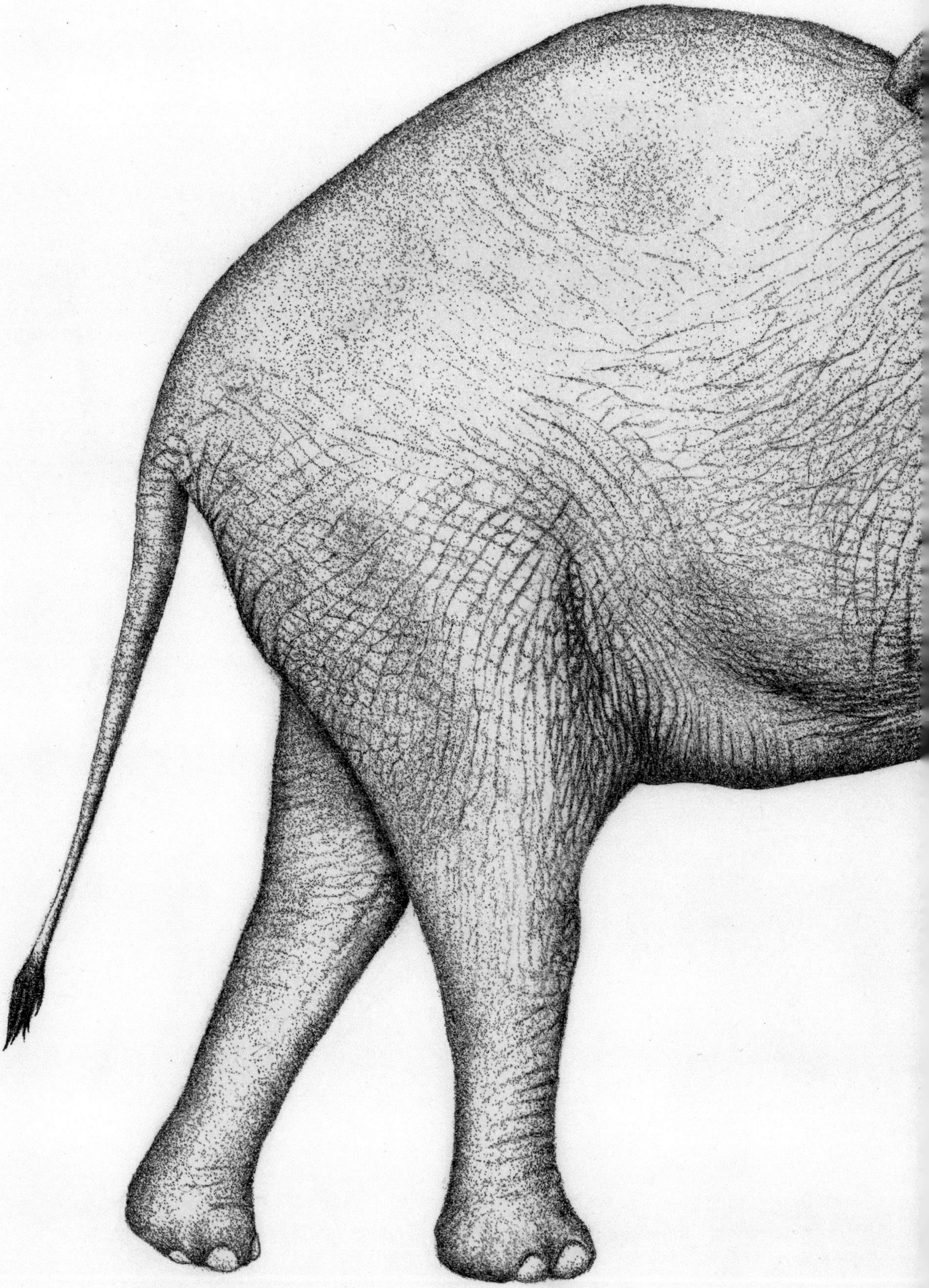

G 18

+++ Neuere Untersuchungen der afrikanischen Elefantenbestände zeigen, dass immer mehr Elefanten deutlich kleinere oder gar keine Stoßzähne mehr ausbilden.
Die Biologin Sybille Quandt hat ermittelt, dass im südafrikanischen Addo-Nationalpark bereits drei von hundert Elefanten zahnlos geboren werden. Diese Stoßzahn-Rückbildung bedeutet in Zeiten von Wilderei und Elfenbeinschmuggel einen beachtlichen Überlebensvorteil.
In der wissenschaftlichen Literatur mehren sich daher die Stimmen, die die fortschreitende Verkümmerung der Stoßzähne als genetische Anpassung deuten. +++

Anophthalmus hitleri

Julische Alpen

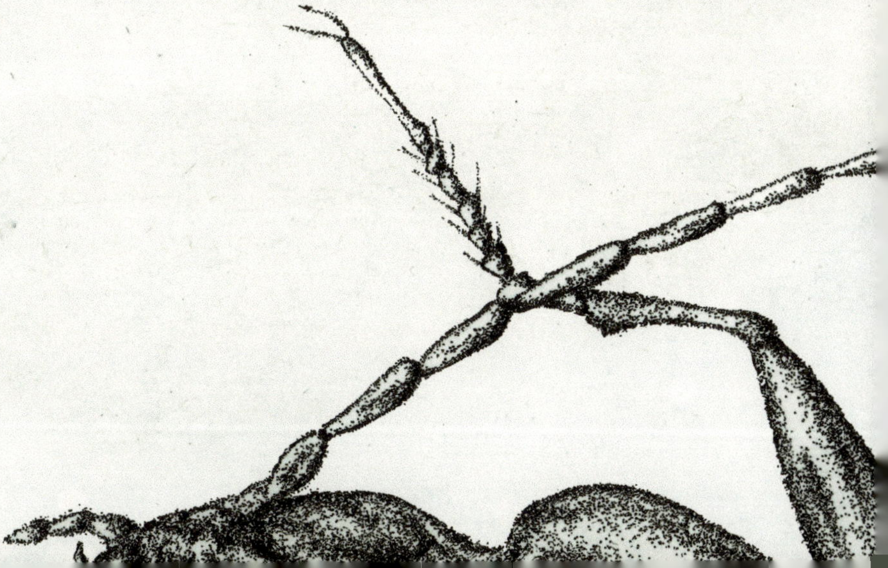

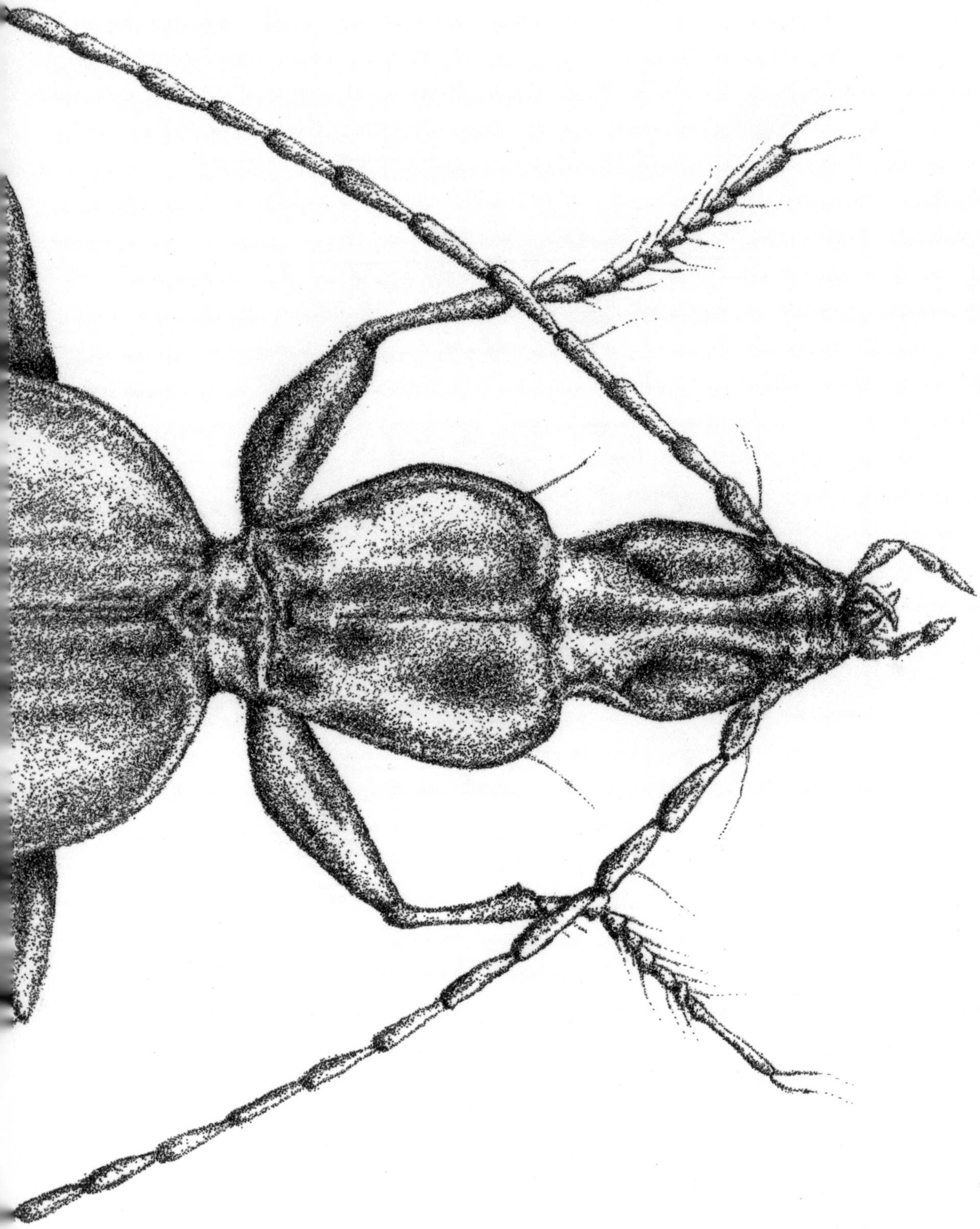

12
13
14
15
16
17
18
19
20
21
22
R
Q
P
O
N
M
L
K
J
I
H
G
F
E
D
C
B
A

1822

HEINRICH GUSTAV FLÖRKE

Professor des Akademischen Museums Rostock, Deutschland

—— ES IST SPÄT GEWORDEN. Auf den Gängen des Instituts herrscht jetzt die vollkommene Stille der Nacht. Vor meinem Schreibtisch bewegen sich die Schatten im Flackern des Lichtscheins. Alle Aufgaben sind erledigt. Alle – bis auf den Brief, den ich noch zu verfassen habe. Diesen Vormittag ist wieder einmal ein Paket vom Großherzog eingetroffen. Seinen Schenkungen haben wir es zu verdanken, dass die Sammlung des Museums so schön wächst. Nun werde ich als letzte Tat des Abends noch das Paket öffnen und mich bedanken.

—— Sein Anschreiben beginnt wie immer: „*Wir übermitteln an Rector und Concilium der Universität zu Rostock für ihr Museum ... einen ausgestopften Storch, ... nebst zwey lithographischen Abbildungen von solchem als eine Merkwürdigkeit, wie wir solche an dem Vogel wahrzunehmen ...*“ Ich stutze. Mit äußerster Vorsicht öffne ich den Deckel und hebe das eingepackte Tier aus der Kiste. Papier für Papier nehme ich die Schutzhülle ab – und sehe sofort, was der Großherzog mit der Merkwürdigkeit meint: Dem Tier – übrigens ein vortrefflich präpariertes Exemplar – steckt ein hölzerner Pfeil mit eiserner Spitze der Länge nach im Hals. Das ist in der Tat höchst merkwürdig, denn das Tier hatte sich an diesen Zustand offenbar gewöhnt und so weitergelebt – mit dem Pfeil im Hals –, als ob nichts gewesen wäre!

—— Ich tauche die Feder in das Tintenfass und beginne mit dem Brief: „*Eur. Magnifizenz und Eurem Hochverehrlichen Concilium gebe ich gehorsamst Nachricht ...*“ Ich blicke hoch. Der Pfeil. Etwas stimmt doch nicht mit diesem Pfeil. Wo schießt denn heute noch jemand mit Pfeil und Bogen auf einen Storch! Wahrscheinlich Kinder, denke ich, und will gerade weiterschreiben, als ein ungeheurer Gedanke wie ein Blitz durch meinen Kopf fährt. Ich stehe auf und trete näher an das Tier heran. Tatsächlich! Jetzt bin ich hellwach – und froh darüber, dass ich das Paket nicht früher geöffnet habe, womöglich noch im Beisein eines Kollegen. Denn dieser Pfeil, das wird mir schlagartig klar, dieser Pfeil ist eine Sensation! Natürlich kann es auch andere Erklärungen geben. Aber wenn nicht, dann ist das, was hier vor mir auf dem Tisch steht, der Beweis, dass die immer noch gültige Erklärung der Wissenschaft für das alljährliche Verschwinden der Störche falsch ist. Der Beweis, nach dem so lange gesucht wurde!

—— Aber davon werde ich in dem Brief an den Großherzog vorerst noch nichts erwähnen. Erst will ich eigene Nachforschungen anstellen, um ganz sicherzugehen. Oder vielleicht doch ein kleiner Nachsatz am Ende? Einer, der etwas andeutet, aber noch nichts verrät? Ich schreibe: „*PS: Ich werde über diese Merkwürdigkeit noch etwas drucken lassen.*“

Hitlerkäfer

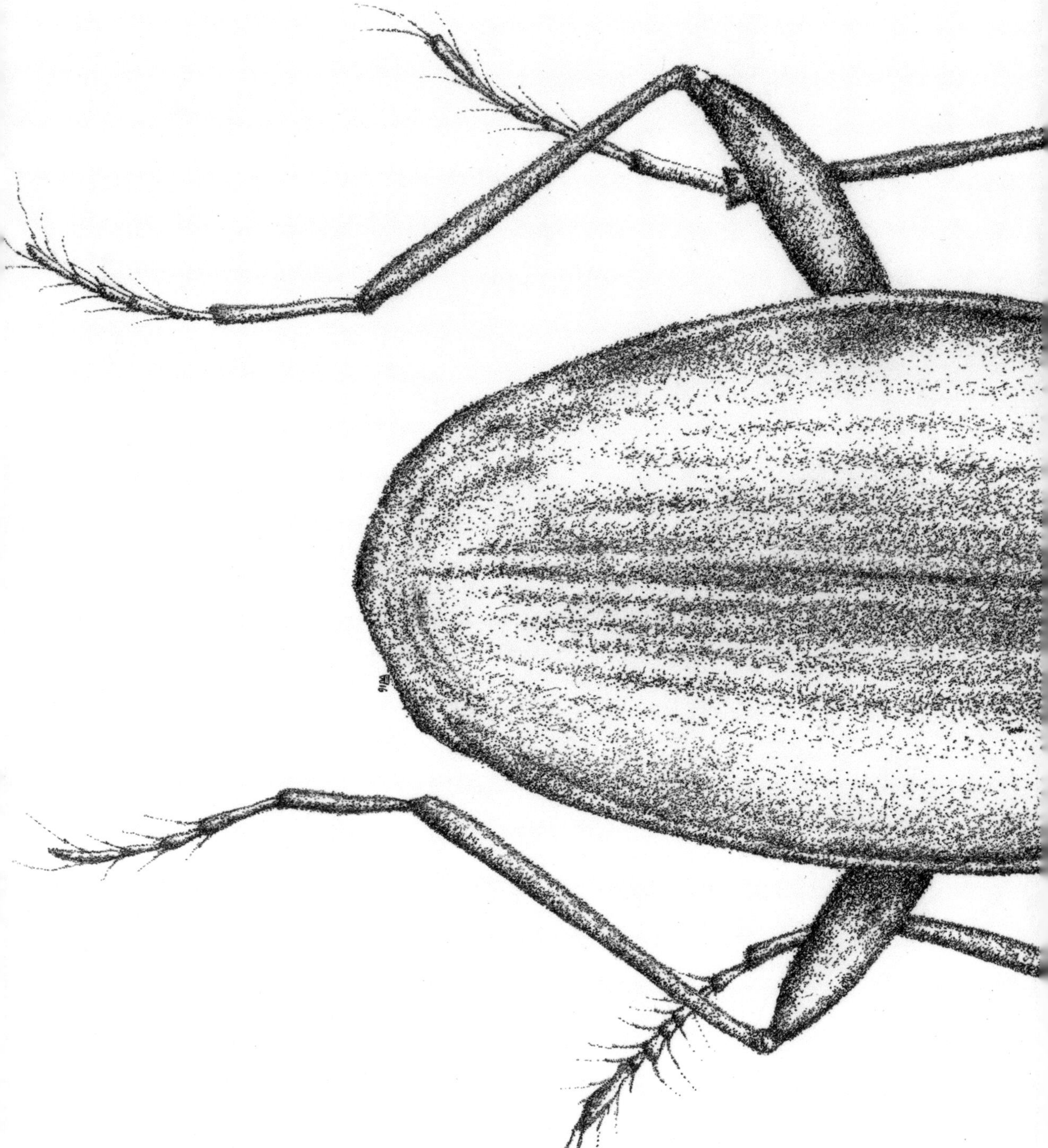

N 16

+++ Als der Ingenieur, Käfersammler und Nationalsozialist Oscar Scheibel im Jahr 1933 einen unbekannten braunen und blinden Käfer in der Steska-Höhle in Slowenien entdeckt, benennt er ihn, ohne lange zu überlegen, nach Adolf Hitler. In der Erstbeschreibung vermerkt er im letzten Satz: „... dem Herrn Reichskanzler Adolf Hitler als Ausdruck meiner Verehrung zugeeignet." Nach 1945 werden gleich mehrere Anträge auf eine Umbenennung des Käfers gestellt. Doch nach den international geltenden Regeln der zoologischen Nomenklatur ist eine Änderung der Erstbenennung nicht erlaubt. Auch beim Hitlerkäfer wird keine Ausnahme gestattet.
Dies führt wiederum dazu, dass der Höhlenkäfer Sloweniens inzwischen vom Aussterben bedroht ist: Seit den 1970er-Jahren wird er von Neonazis aus aller Welt als Trophäe gesucht und gesammelt. Bis zu 1000 Euro werden für das inzwischen seltene Höhlentier gezahlt. +++

12
13
14
15
16
17
18
19
20
21
22
R
Q
P
O
N
M
L
K
J
I
H
G
F
E
D
C
B
A

2011

COMANDANTE JUAN ACOSTA

Marine-Offizier, Buenaventura, Kolumbien

— DAS GRANDHOTEL GEHÖRT MEINEM COUSIN ADOLFO. Als Javier vor einer Stunde anrief, habe ich, ohne lange zu überlegen, die Hotelbar am Strand vorgeschlagen. Er müsse mit mir reden, sagte Javier. Sofort. Etwas sei im Gange. Und hier zwischen all den Touristen würde uns bestimmt niemand entdecken.

— Ich bestelle eine Cola mit extra viel Eis und wische mir den Schweiß von der Stirn. Javier ist seit zwei Jahren dabei. Er hat damals Ärger gehabt, und sein Bruder, einer meiner Männer auf der Marinebasis, hat mich gebeten, ihm eine Chance zu geben. Javier kommt hier aus der Gegend, ist gerissen und flink, also haben wir ihn eingeschleust. Als gelernter Schweißer hatte er keine Probleme, bei den Narcos anzuheuern. In den letzten Monaten hatten wir allerdings keine Nachricht mehr von ihm erhalten. Er war wie vom Erdboden verschluckt. Es wäre nicht das erste Mal gewesen, dass jemand aufgeflogen ist. Aber bei Javier hätte es mir ehrlich leidgetan.

— Da endlich! Javier setzt sich neben mich und beginnt ohne Umschweife: *„Es ist eine Werft, riesengroß, ungefähr hundert Männer, sie arbeiteten Tag und Nacht, mitten in den Sümpfen."* Er schiebt mir sein Handy rüber. Das Foto zeigt ein gewaltiges U-Boot. Sofort überschlage ich im Kopf – das würde ja für mindestens 8000 Kilo reichen! *„Carajo! Wo liegt es?" „Das ist das Problem. Ich kann es nicht sagen"*, seine Augen registrieren unruhig jede Bewegung um uns herum: *„Dass sie mir die Zahnschmerzen abgenommen haben, grenzt fast an ein Wunder. Sie haben mir die Augen verbunden, bevor sie mich hier nach Buenaventura gefahren haben."* Pause. *„Und sie sind nervös, Comandante. Wir dürfen uns kaum noch ausruhen. Wenn wir in diesem Tempo weiterarbeiten, ist das Ding bald startklar."* Javier steht auf. Länger zu sprechen wäre riskant. Er würde versuchen, mehr über den Standort herauszufinden, sagt er noch, er würde sich wieder melden.

— Ich beobachte die Touristen, wie sie sich über den Strandabschnitt verteilen. Das ist doch unmöglich! Die müssen verrückt geworden sein! Wenn das Foto nicht wäre, ich würde es nicht glauben! Sie wissen doch, dass wir die Bucht kontrollieren, jeden verdammten Meter Strand. Immer mal wieder erwischen wir eines der kleinen Einmann-U-Boote, vollgepackt mit Kokain, das sie nach Mexiko bringen wollen. Es kann schon sein, dass uns das ein oder andere dieser kleinen Gefährte durch die Lappen gegangen ist in den letzten Jahren. Aber ein U-Boot dieser verrückten Größe, das hätte doch keine Chance! Es würde sofort auf dem Radar erscheinen!

Ciconia ciconia

Europa und Afrika

Weißstorch

N 16

+++ Die allgemein gültige Erklärung für das Fortbleiben einiger Vogelarten im Winter lautet: Die Tiere ziehen sich in die Sümpfe zurück. Dort fallen sie in einen Winterschlaf, aus dem sie erst im nächsten Frühling wieder erwachen.
Im Jahr 1822 wird auf Schloss Bothmer nahe der mecklenburgischen Kleinstadt Klütz ein Weißstorch erschossen. In seinem Hals steckt der Länge nach ein hölzerner Pfeil. Wie sich herausstellen wird, ist dieser Pfeil aus tropischem Holz geschnitzt und stammt aus Ostafrika. Der „Pfeilstorch“ liefert den ersten stichfesten Beweis dafür, dass die Störche im Winter bis Afrika fliegen – und markiert den Beginn einer wissenschaftlichen Erforschung des winterlichen Flugverhaltens. +++

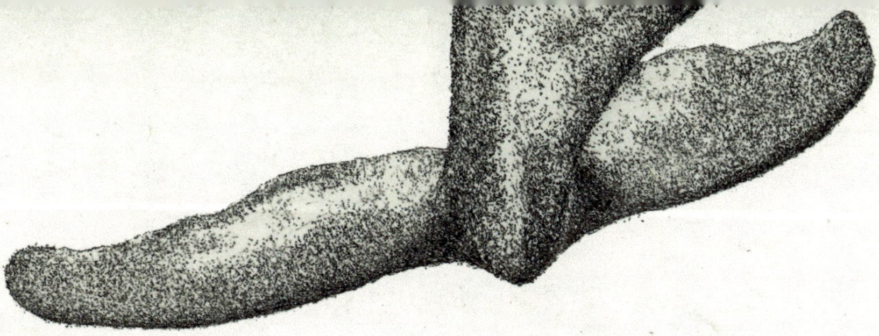

Megaptera novaeangliae

Ozeane weltweit

Buckelwal

H 06

+++ Im Jahr 2011 lassen Drogenbarone nahe der kolumbianischen Pazifikküste in einer geheimen Werft ein riesiges U-Boot bauen. Bis zu 8000 Kilo Kokain soll es unbemerkt nach Mexiko schaffen können. Damit es nicht entdeckt wird, geben ihm die Bootsbauer die Form eines Buckelwals. Die Drogenschmuggler warten auf den Zeitpunkt, zu dem die Wale wie in jedem Jahr in die Bucht kommen. Dann soll das Boot zu Wasser gelassen und – einem großen grauen Wal gleich – unbemerkt durch den Ozean gleiten. Ihr Plan wird jedoch durch Spezialeinheiten der kolumbianischen Marine und US-Spezialeinheiten durchkreuzt. +++

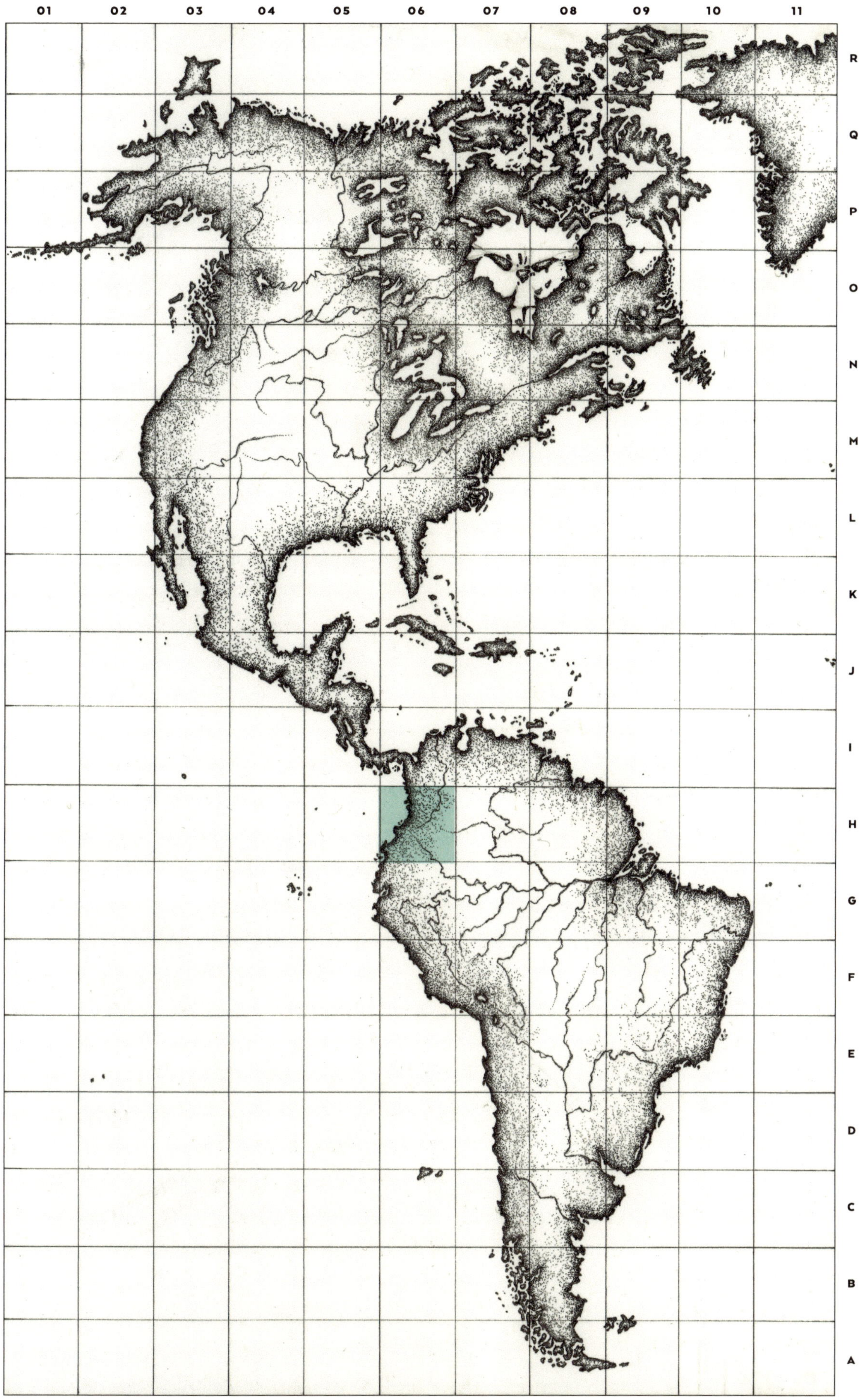

01
02
03
04
05
06
07
08
09
10
11
R
Q
P
O
N
M
L
K
J
I
H
G
F
E
D
C
B
A

1921

EDDY CRULL

Hehler, The Red Lion, London, England

—— DRAUSSEN SCHÜTTET ES SEIT TAGEN. Die Stadt ist eine einzige Schlammgrube. Wer nicht raus muss, bleibt zu Hause. Gut möglich also, dass ich wieder umsonst warte. Ich bestelle noch ein Bier. Wie immer ist es ziemlich laut. Niemand stört sich daran, dass zwei angetrunkene Gäste mit den Fäusten aufeinander losgehen. Die Tür geht auf, ein nasser, kalter Windstoß fährt durch die abgestandene Luft der Schenke. Leider ist es nicht mein Portugiese, auf den ich hier schon seit Tagen warte, sondern Glasaugen-Fred, mein ehemaliger Kumpan. Früher brachte er mir Waren, bei denen man nicht fragte, woher sie kamen. Jetzt sieht es nicht mehr so gut aus mit Freddys Geschäften. Er grinst mich schief an und lässt sich laut auf den Stuhl neben mir fallen.

—— *„Ein Großes!“*, ruft er zum Tresen rüber, dann zu mir gewandt: *„Hallo, alte Rippe, wartest wohl auf Lieferung, Feder-Eddy?“* Sein keuchendes Lachen geht über in einen Hustenanfall, nur mühsam erholt er sich wieder davon. Ich weiß, dass man mich inzwischen so nennt. Es macht mir nichts aus. *„Du wirst es kaum glauben, aber es läuft ausgesprochen gut“*, erwidere ich trocken. *„Der einzige Nachteil ist, dass mein Portugiese nur diesen Ort hier kennt und mich deshalb immer in den Lion bestellt.“ „Haugh – der Feder-Häuptling hat gesprochen!“* Glasaugen-Fred und die Umstehenden wiehern los.

—— *„Nee, jetzt mal im Ernst, Eddy, was bekommst du denn so für deine Federchens?“ „Das bleibt ein Geheimnis, alter Freund. Ich habe doch auch früher nie gesagt, was ich von meinen Kunden bekomme. Aber sagen wir's mal so: Es springt fünf- bis zehnmal so viel raus wie damals, als ich noch mit deiner Ware gehandelt habe.“* Ich nehme einen Schluck. Das saß. Glasaugen-Fred hofft noch einen Augenblick, dass es ein Witz war. Dann trinkt er sein Glas in einem Zug leer.

—— *„Das kann doch nicht sein, Eddy? Ich meine, hey – es sind doch nur Federn.“ „Es sind nicht einfach nur Federn, es sind die Federn von Vögeln, die nicht von dieser Erde sind. Richtige Paradiesvögel eben. Vögel, die immerzu fliegen und nie – hörst du: nie – einen Fuß auf die Erde setzen. Vögel, die gar keine Füße haben. Das ist erwiesen. Sie kommen wirklich und wahrhaftig nur ein einziges Mal vom Himmel runter, und zwar, wenn sie sterben. Und wenn eine Lady von so einem Vogel eine Feder hat ... Verstehst du?“* Ich stehe auf und lege ein paar Münzen auf den Tresen. Noch länger auf den Portugiesen zu warten, bringt heute nichts. Glasaugen-Fred keucht hinter mir her: *„Aber wie viel? Wie viel bezahlen sie dir dafür?“* Er hat diesen Blick, den ich schon kenne und der nichts Gutes verheißt. Ich muss dem Portugiesen für das nächste Mal unbedingt einen anderen Ort vorschlagen. *„Im Grunde, mein Lieber, sind sie unbezahlbar.“* In der Tür drehe ich mich noch einmal um: *„Wenn du jemals eine von ihnen in den Händen hältst, wirst du's verstehen.“* Dann trete ich hinaus in die Nacht.

Paradisaea apoda

Neuguinea

12
13
14
15
16
17
18
19
20
21
22
R
Q
P
O
N
M
L
K
J
I
H
G
F
E
D
C
B
A

1904

MAMMY TAYLOR

Haushälterin von Nettie Stevens – Professorin am Bryn Mawr College, Pennsylvania, USA

—— „EMILY BEHAUPTET, DAS EINZIGE, WAS WIRKT, IST ESSIG." *„Hm, hm." „Behauptet Emily. Aber darauf gebe ich nichts. Das Einzige, was diese Biester wirklich vertreibt, ist eine Zitrone, schön in Scheiben geschnitten und mit Nelken gespickt. Da kann sich Emily noch so wichtigtun. Schließlich habe ich alle möglichen Dinge ausprobiert und zwar schon ein paar Jährchen länger als Emily."*

—— Ich sortiere das Besteck in die Schublade und bemerke, dass Miss Nettie irgendwie verändert ist. Normalerweise genießt sie es, wenn ich ihr morgens den Tratsch aus dem Laden erzähle, bevor sie in ihr Institut geht. Aber heute ist sie abwesend. Bestimmt ist es das Paket, das gestern aus Europa angekommen ist – ein neues Gerät für ihr Labor. Miss Nettie hat es ausgepackt und auf die Kommode gestellt. Es sieht auch wirklich wunderschön aus, es blitzt und funkelt ganz in Gold.

—— *„Mammy"*, sagt sie, *„du wirst sehen, dieses Mikroskop hier kann uns ganz neue Einblicke eröffnen – vielleicht schaffen wir es sogar, damit in die kleinsten Zellen hineinzusehen und ..."*

—— Mit einem lauten Knall schließe ich die Obstglocke über dem Teller mit den Weintrauben. Ein Schwarm fährt auf. Es sind wirklich schrecklich viele in diesem Jahr. *„Ich werde noch mal losmüssen, um Zitronen und Nelken zu besorgen. Sonst nehmen sie noch überhand. Wie damals, als ich im ersten Jahr hier war, Kindchen, da waren sie eine echte Plage. Sie waren überall. Ich glaube, diese Biester vermehren sich innerhalb von Stunden. Man muss sich das mal vorstellen: morgens noch ein Liebespaar – und abends schon soundso viele Kinder, Enkel, Urenkel, Ururenkel und so weiter."*

—— Ich hole den Korb und blicke noch einmal rüber zum Tisch. Miss Nettie strahlt. Sie steht auf und sagt feierlich: *„Oh, Mammy! Danke! Ich hätte selber draufkommen müssen. Aber jetzt ist es klar. Wir fangen sie und stecken sie in Einmachgläser. Kannst du mir dabei helfen?"*

—— Ich protestiere: *„Aber das weiß doch jedes Kind, dass man sie so nicht loswird. Nie im Leben!"*

Großer Paradiesvogel

N 15

+++ Als der Viermaster „Viktoria" nach der ersten Weltumsegelung am 6. September 1522 neben wertvollen Gewürzen auch fünf farbenprächtige Paradiesvögel an Bord hat, ahnt noch niemand, wie begehrt die Federn dieses Vogels sein werden. Die Tatsache, dass Paradiesvögel keine Beine und keine Füße haben, schürt die Nachfrage besonders. Der Mythos lautet: Paradiesvögel leben ausschließlich in der Luft. Es gibt sogar Theorien darüber, wie sie im Flug ihre Eier ausbrüten – nämlich im eigenen Gefieder. Erst im 19. Jahrhundert gelingt es europäischen Vogelkundlern, lebende Paradiesvögel auf Neuguinea zu beobachten. Warum die dortigen Jäger den erlegten Vögeln immer die Beine abtrennen, bleibt ein Rätsel. Um ihre kostbaren Federn nach Europa liefern zu können, werden die Vögel in großem Stil gejagt. Doch nach vielen Aufrufen, Kongressen und Protestdemonstrationen wird 1914 das weltweit erste Naturschutzgesetz erlassen und die Jagd auf diese Vögel unter Strafe gestellt. +++

L 06

+++ Im Jahr 1904 entdeckt die Genetikerin Nettie Stevens mit dem Lichtmikroskop, dass es in den Zellkernen von Fruchtfliegen ein geschlechtsbestimmendes Chromosom gibt. Eine revolutionäre Erkenntnis. Den Ruhm dafür wird kurz darauf allerdings jemand anderes ernten: der Institutsleiter Thomas Hunt Morgan. Er zeichnet aufbauend auf Nettie Stevens Forschungen die grundlegende Struktur der Chromosomen auf und erhält dafür im Jahr 1933 den Nobelpreis. Bis heute genießt die Fruchtfliege, die dank Nettie Stevens den Weg ins Labor gefunden hat, in wissenschaftlichen Kreisen den Ruf eines Stars. An ihr kann man Mutationen und Vererbungsregeln in der Abfolge mehrerer Generationen in kürzester Zeit untersuchen. Und nicht nur das: 60 Prozent der Fruchtfliegen-Gene finden sich mit ähnlicher Funktion auch beim Menschen. Jährlich werden weltweit zahlreiche Drosophila-Konferenzen abgehalten – sie sind ein Muss für jeden angesehenen Genetiker. +++

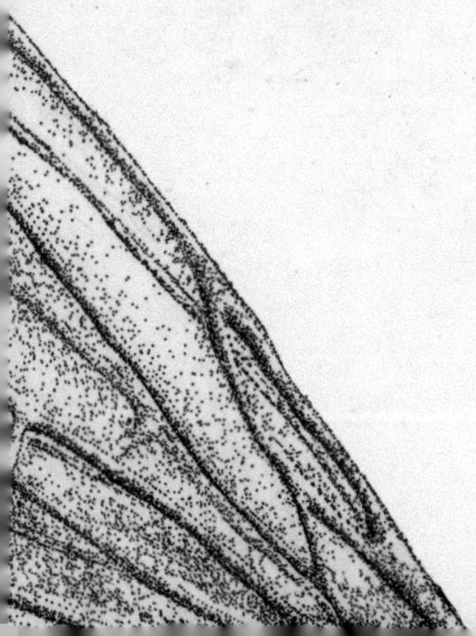

Taufliege

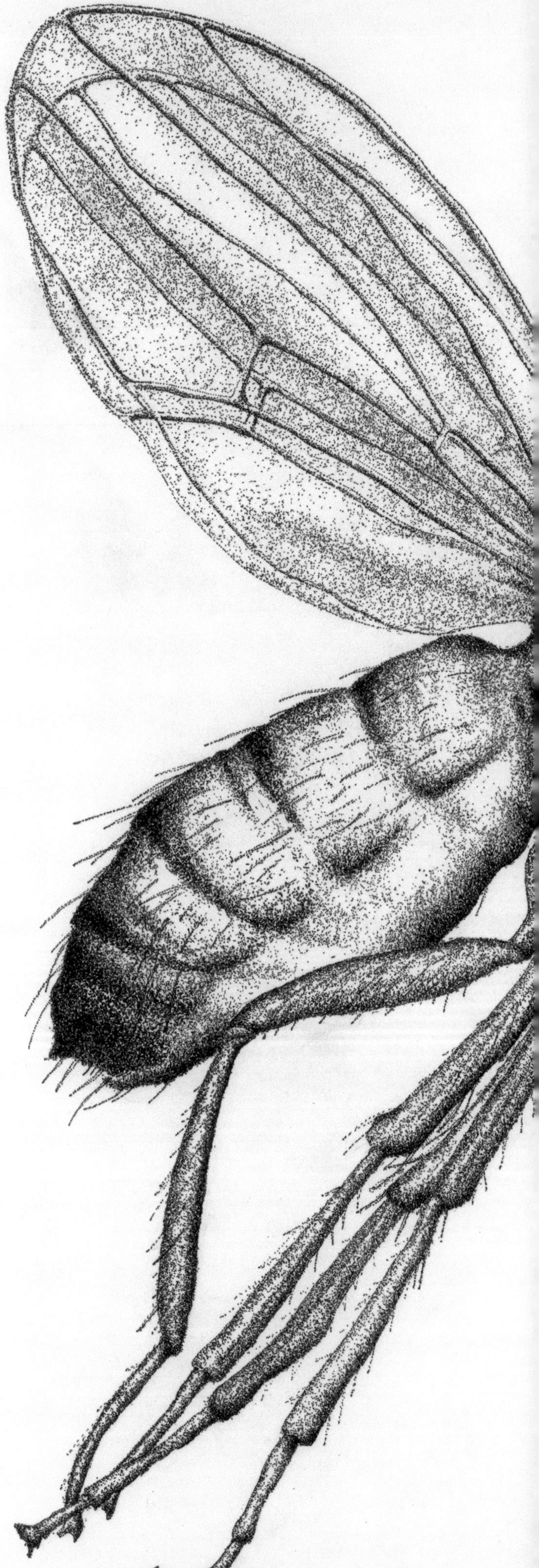

Drosophila melanogaster

weltweit

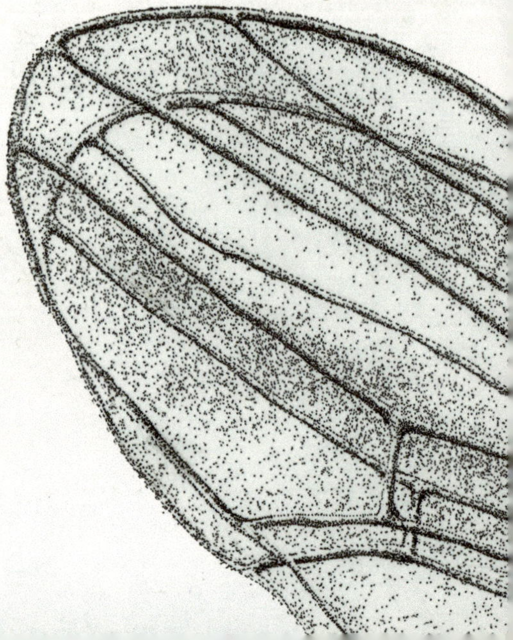

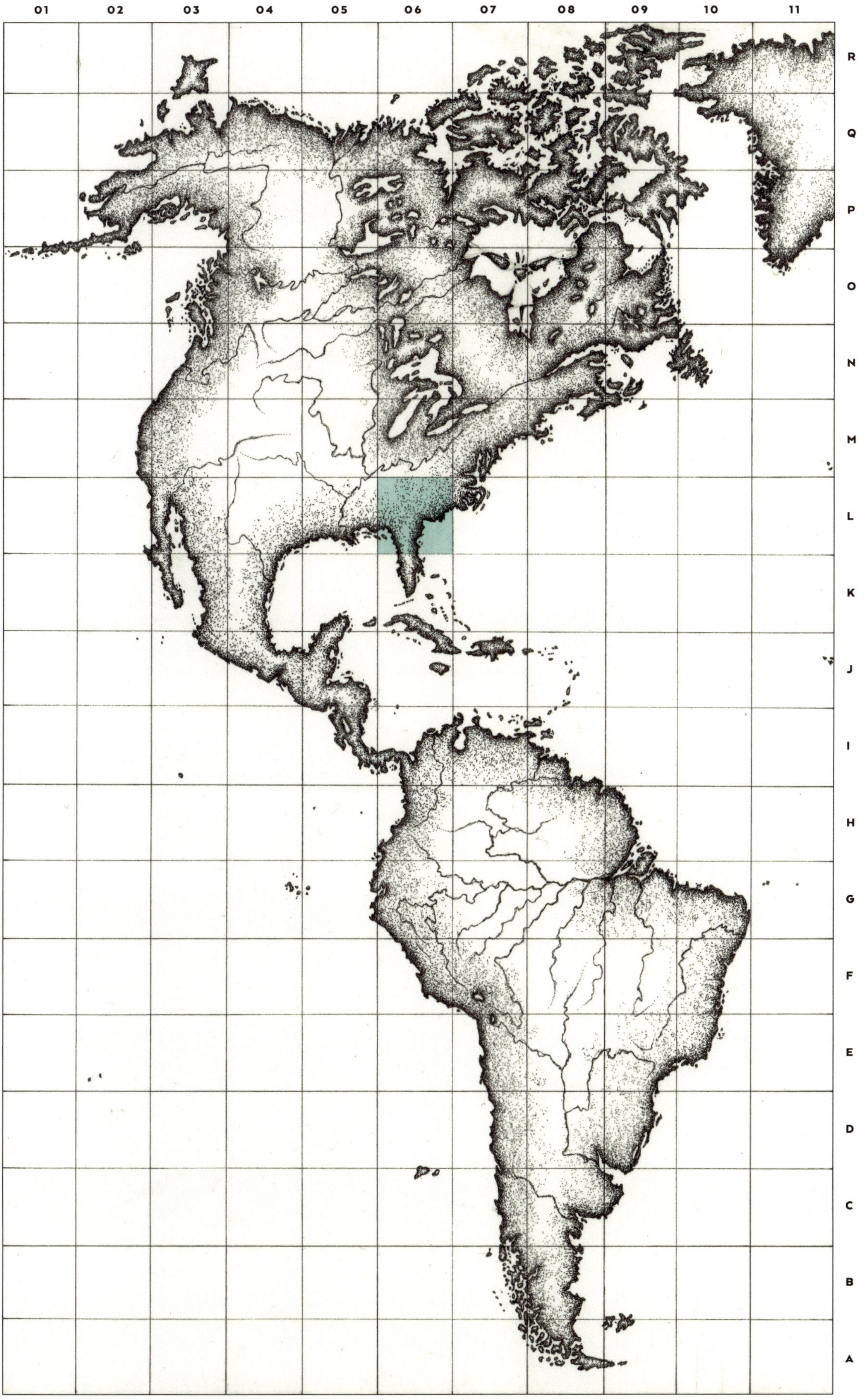
01
02
03
04
05
06
07
08
09
10
11
R
Q
P
O
N
M
L
K
J
I
H
G
F
E
D
C
B
A

1918

MARC GRAPE

Journalist beim „Zoologist", London, England

—— „NA, DANN LASSEN SIE MAL HÖREN!" Der Chefredakteur bedeutet mir mit einem Kopfnicken, dass ich mich setzen soll. *„Catherine – keine Anrufe!"* Er schließt die Tür und wendet sich mir zu. Ich sehe gleich: Er ist skeptisch. Jeder hier in der Redaktion kennt diesen Gesichtsausdruck unseres Chefs. *„Wir sind ein wissenschaftliches Magazin, mein Lieber"*, sagt er. *„Wir hatten doch darüber gesprochen: Wenn es Zeugen gäbe und man den Ablauf genau beschreiben könnte, dann – und nur dann – würde ich darüber nachdenken, die Geschichte zu bringen!"* Er seufzt. *„Aber im Grunde reicht auch das noch nicht aus. Sie können sich gar nicht vorstellen, wie viele Briefe mit solchen Inhalten mich hier erreichen. Und wie viele Theorien gleich dazu! Strafe Gottes, Nostradamus und was weiß ich für ein Hokuspokus! Nein: Ohne eine astreine wissenschaftlich abgesicherte Erklärung drucke ich das nicht in meiner Zeitschrift. Ich bleibe dabei: Fotos, Landkarte, Zeugen, Professoreninterview – das volle Programm!"*

—— Auf meinem Schoß halte ich meine Mütze fest umklammert. Dieses Mal ist es anders. Es muss die Titelgeschichte werden. Ich muss es wagen. Deshalb springe ich einfach auf und lese den vorbereiteten Text vor: *„Erst sieht es so aus, als ob wir zu spät seien. Das Gelände ist schon abgesperrt, als wir das Dorf erreichen. Polizei und Militär lassen niemanden mehr durch. Die Menschen aus dem Dorf werden mit Decken und Tee unter einer notdürftig errichteten Zeltplane versorgt. Sie stehen unter Schock. Trotzdem können wir mit der Augenzeugin Mary O. sprechen. Nur kurz, bis jemand von der Sicherheit kommt und uns wieder wegschickt."* Ich nestle ein wenig umständlich an meinem Block herum, bis ich die richtige Seite gefunden habe. Dann: *„Ich war unterwegs zum Einkaufen, als es zu nieseln begann. Meine Tochter und ich spannten unsere Regenschirme auf, um nicht nass zu werden. Da schlug ein harter Brocken auf unserem Schirm auf, dann noch einer und dann immer mehr. Wir bekamen Angst, als wir sie sahen: Es waren Hunderte, nein: Tausende von diesen Fröschen. Und das SCHRECKLICHSTE: Sobald sie gelandet waren, sprangen sie los!"*

—— Ich blicke auf. Es reicht ihm nicht. Sein Gesichtsausdruck ist eindeutig. Er steht auf und blickt aus dem Fenster. *„Was wir brauchen, ist ein Wirbelsturm oder Ähnliches. Etwas, das eine halbwegs überzeugende Erklärung liefert. Das"*, er zeigt auf meinen Block, *„das fordert sie doch geradezu heraus, unsere Wissenschaftsgegner aller Couleur. All die Spinner mit ihrer zweiten Ebene oder mit ihren großen schwarzen Löchern und was weiß ich noch alles."*

—— Stumm halte ich ihm meine Mütze entgegen. *„Was soll das?"*, fragt der Chef ein wenig barsch. Ich öffne sie – und schon springt ein kleiner, etwa golfballgroßer, brauner Frosch erschrocken auf den Tisch. *„Das könnte die Erklärung sein"*, sage ich. *„Wir sollten ihn untersuchen lassen."*

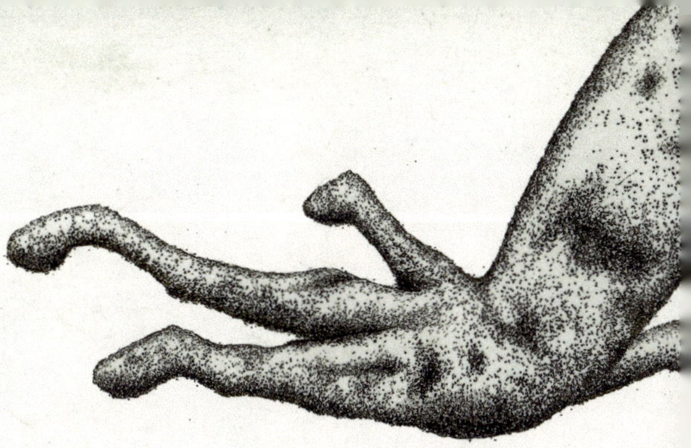

Rana temporaria

Nordeuropa bis Sibirien

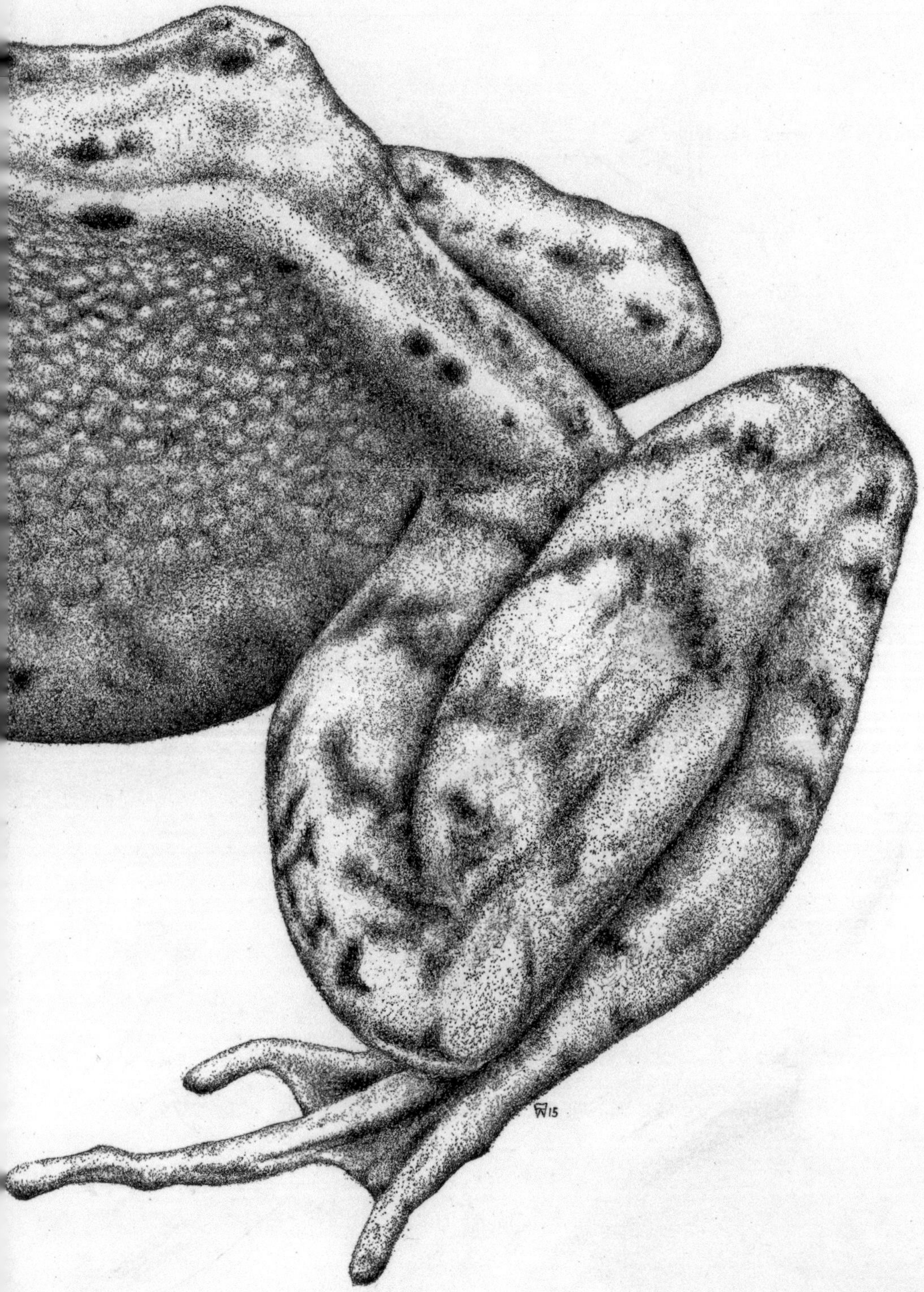

Grasfrosch

N 15

+++ Ein Froschregen ist ein seltenes meteorologisches Phänomen, für das es bis heute keine Erklärung gibt. In der Wissenschaft kommt er kaum zur Sprache. Auch Zeitungen zögern mit Berichten über Frösche, die „vom Himmel fallen". Dies nimmt der Amerikaner Charles Fort Anfang des 20. Jahrhunderts zum Anlass, Nachrichten über unerklärliche Ereignisse zusammenzutragen. Seine Sammlung über derart seltsam-bizarre Phänomene wächst mit der Zeit auf über 60 000 Notizen an. In seinem „Buch der Verdammten" versucht er, das Unerklärliche zu erklären, indem er Augenzeugen zu Wort kommen lässt. Er ist aber selbst davon überzeugt, dass die Wirklichkeit letztlich unergründlich ist.
So wie das Phänomen des Froschregens.
+++

12
13
14
15
16
17
18
19
20
21
22
R
Q
P
O
N
M
L
K
J
I
H
G
F
E
D
C
B
A

1907

EMILIA OLIVEIRA

Tochter des Plantagenbesitzers Paulo Oliveira, Rio Acre, Brasilien

___ LANGSAM WIRD ES DUNKEL. Gleich wird Senhor Hannes zurück sein. Er wird staunen, mich hier in seinem Arbeitszimmer vorzufinden. *„Emilia, Sie sind erst 16 Jahre alt und dürfen so spät gar nicht aus dem Haus gehen!"*, wird er sagen, oder so etwas in der Art. Aber vielleicht interessiert es ihn ja dann doch, wie ich hier hereingekommen bin: Ich bin nämlich über den alten Baum am Flussufer in das offene Fenster im ersten Stock geklettert. Die Papageien, die ich aufgescheucht habe, hätten mich beinahe verraten.

___ Ich schaue mich um. Auf den Regalen hocken unzählige Tiere. Auch wenn sie ausgestopft sind, wirken sie im Halbdunkel immer noch bedrohlich. Ihre Glasaugen glänzen, so als beobachteten sie mich unablässig. Morgen soll das Schiff ablegen, das sie nach Europa bringt. Senhor Hannes hat die Schönheit jedes einzelnen dieser Amazonas-Geschöpfe festgehalten: Papageien, Gürteltiere, wunderbar glänzende Fische, verschiedene strähnige Affen und ein ziemlich großes Krokodil.

___ Zu Hause wird es mir einen Haufen Ärger einbringen, wenn sie merken, dass ich nicht da bin. Zuerst musste ich mich unbemerkt rausschleichen, was zum Glück nicht so schwierig war, weil wir ja Gäste hatten – unter ihnen auch Senhor Hannes. Ich höre noch, wie Papa irgendwann einmal über ihn sagte: *„Er ist zwar ein Sonderling, dieser deutsche Wissenschaftler, aber er ist nun mal der allerbeste Tierpräparator am ganzen Amazonas."* Zu Hause wollte ich Senhor Hannes auf gar keinen Fall begegnen. Also habe ich Kopfschmerzen vorgetäuscht und bin raus und dann unten am Fluss entlang bis in die Stadt. Senhor Hannes wird früh wieder gehen. Er hasst alles Formelle. Das Einzige, was für ihn zählt, sind die Tiere. Er verbringt Tage und Wochen im Urwald, um sie zu beobachten, um ihre Haltungen und Bewegungen zu studieren. Es müsste wunderbar sein, ihn einmal zu begleiten, zu zweit auf dem Boot immer weiter hinein in den unendlichen Dschungel, das Leben der Indianer am Fluss kennenlernen, in einem Baumhaus übernachten!

___ Gedankenverloren streiche ich über das Fell des kleinen Äffchens am Fenster. Man müsste seine Barthaare nur nach oben zwirbeln, so, dann würden sie genauso aussehen wie der Schnurrbart des deutschen Kaisers Guilherme auf dem Bild über der Tür.

___ Im Grunde mache ich mir ja herzlich wenig aus der ganzen Forscherei. Kommt es wirklich darauf an, ob bei diesem Äffchen hier die weißen Barthaare nach unten baumeln oder ob sie wie beim deutschen Kaiser nach oben spitzeln? Wo Senhor Hannes nur so lange bleibt? Ich werde das kleine Tierchen mal eben mit etwas Pomade ein wenig verschönern. Mal sehen, ob der Herr Tierpräparator etwas bemerkt! Oh, die weißen Barthaare lassen sich wirklich vorzüglich zwirbeln!

Saguinus imperator

Amazonasbecken

Kaiserschnurrbarttamarin

G 08

+++ Der kleine, bärtige grau-schwarze Affe aus dem Amazonas-Gebiet trägt seit seiner ersten Benennung im Jahr 1907 den Namen „Saguinus imperator“. Als der Schweizer Zoologe Emil Goeldi die neue Spezies der Tamarin-Affen bestimmen und benennen soll, hat er ein erlegtes und ausgestopftes Exemplar vor sich mit einem weißen, nach oben gezwirbelten Bart. Er tauft es kurzerhand Kaiserschnurrbart-Tamarin – so die noch heute gültige Bezeichnung. Erst Jahre später wird sich herausstellen, dass der Krallenaffe in Wirklichkeit herunterhängende Schnurrbarthaare hat. Die irreführende Bezeichnung aus dem Jahre 1907 wird auf einen Scherz des Präparators zurückgeführt. +++

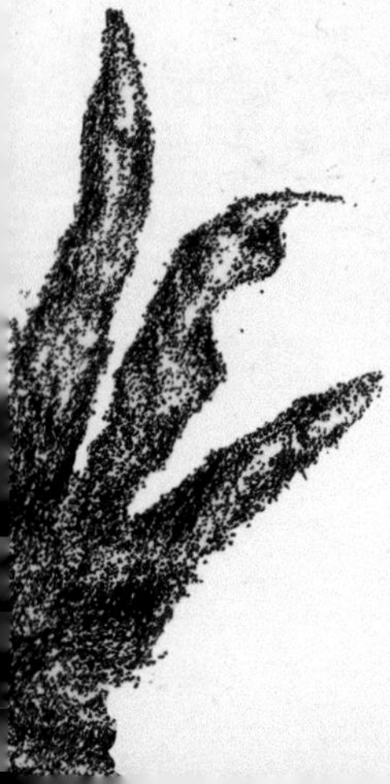

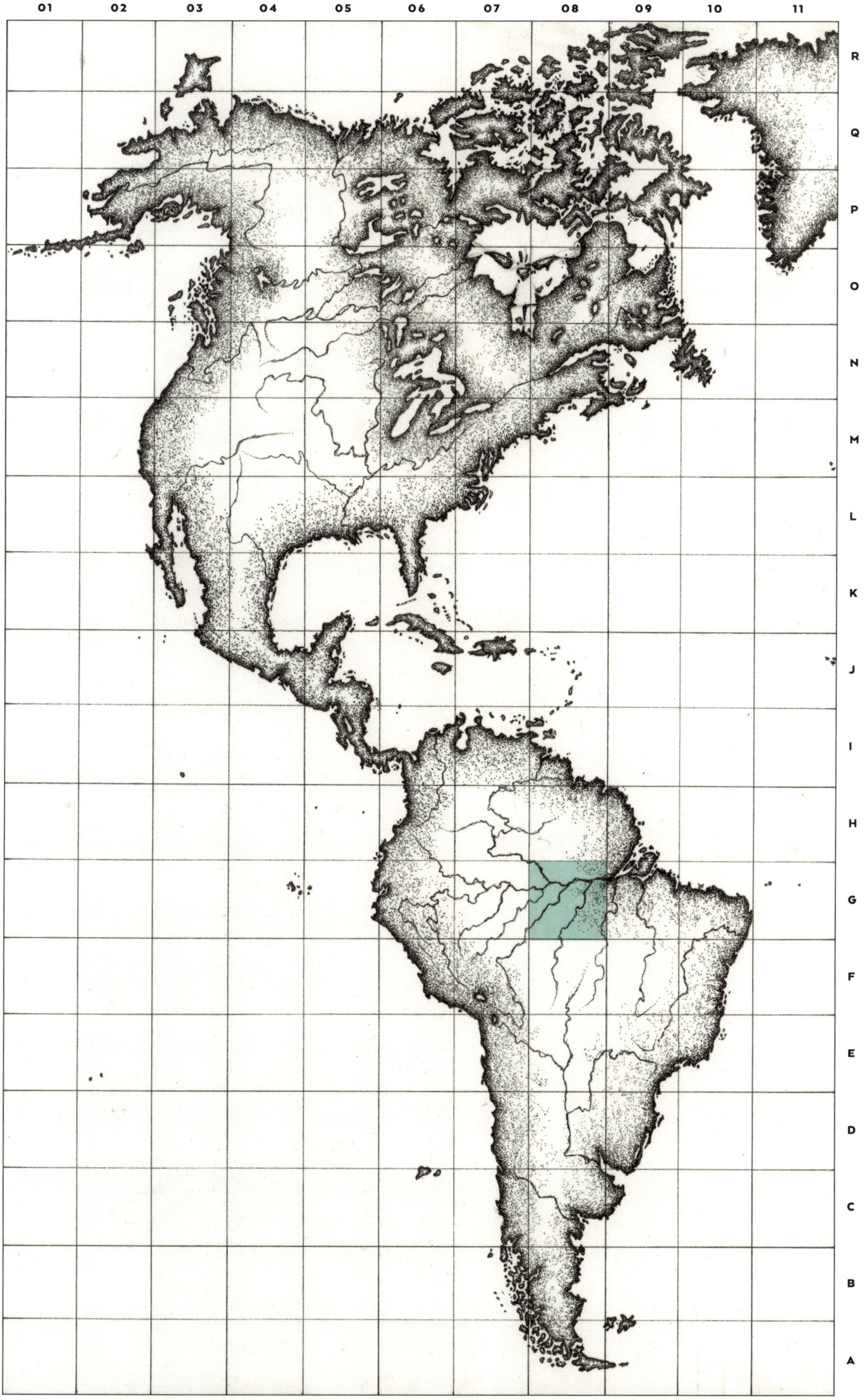
01
02
03
04
05
06
07
08
09
10
11
R
Q
P
O
N
M
L
K
J
I
H
G
F
E
D
C
B
A

550 *n. Chr.*

BRUDER MARCUS

irgendwo zwischen Xian und Dunhuang, China

— VON WEIT HER HÖRE ICH JEMANDEN RUFEN. Aber der Sand hat mir die Augen verklebt. Seit Stunden laufe ich hinter den anderen her, mein Blick ist starr nach unten gerichtet, immer auf die Füße meines Vordermanns. Manchmal sehe ich Knochen, die aus dem Sand ragen. Menschenknochen. Das ist, wie man uns erklärt hat, ein gutes Zeichen: Wir sind auf dem richtigen Weg.

— Wie im Delirium gehen wir weiter. Ohne zu denken, immer nur: Schritt, Schritt, Schritt, Schritt. *„Die Greeenze!“* Es ist Bruder Julius, der schreit.
Ich reiße meine Augen auf – und jetzt sehe ich ihn: Er tanzt über den Sand und hüpft mit erhobenen Armen und wirft seinen Pilgerstab durch die Luft. Es war zu viel für ihn. Die Sonne, die Reise, die ganze Anstrengung. Die Karawanenführer reden aufgeregt durcheinander und zeigen auf Bruder Julius. Es hat ihn erwischt, sagen ihre Blicke, er dreht durch. Ich kämpfe mich zu ihm nach vorn und versuche, ihn zu beruhigen.

— *„Hör mir zu, vielleicht ist es die Grenze, vielleicht aber auch nicht. Man hat doch nichts gesehen. Hier ist seit Tagen nur eins: Wüste. Also reiß dich noch einmal zusammen! Wir brauchen Sicherheit. Und die haben wir erst, wenn wir nicht mehr in China sind. Wie du weißt, steht hier die Todesstrafe auf den Schmuggel der Raupen. Wenn sie uns jetzt erwischen, dann war's das!“*

— Der Karawanenführer bedeutet uns, dass wir weitergehen müssen. Ich rede auf Julius ein, auch, um mich selbst zu beruhigen: *„Halte durch, wir sind bald bei den Grotten, du erinnerst dich doch noch an sie von der Hinreise? Dort haben wir die Buddhisten-Mönche getroffen. Und dort war der Händler, der uns gesagt hat, wo die Seidenstraße ist, wo der Seidenfluss seine Quelle hat. Und du hast es geschafft! Du hast die Wunderschmetterlinge, ihre Raupen und ihre Kokons gefunden und so gut versteckt, dass man noch in tausend Jahren lachen wird über deine List! Konstantinopel, unsere goldene Stadt, wird auch die Stadt der Seide sein!“*

— Beim Laufen sehe ich auf die Füße von Bruder Julius, der jetzt vor mir her stolpert, er schleppt sich weiter, dann strauchelt er, seine Beine gehorchen ihm nicht mehr, sie knicken einfach weg. Ich fange ihn auf und nehme ihn auf den Rücken. Ein kurzes Stück kann es so gehen. Zumindest bis wir sicher sein können, dass wir die Grenze überquert haben, muss ich es schaffen! Unsere beiden Pilgerstäbe halte ich fest in den Händen.

Bombyx mori

Zentralasien

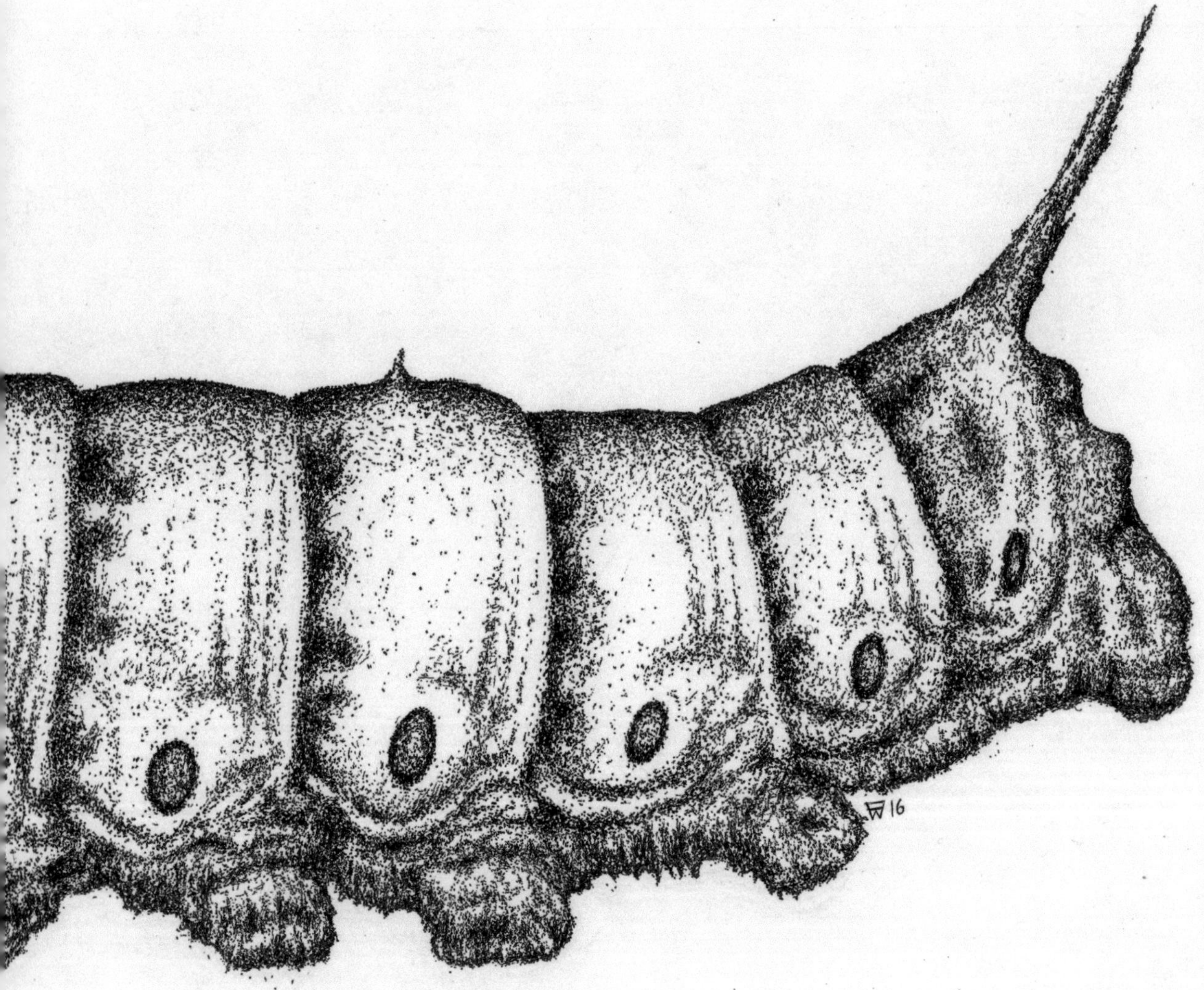

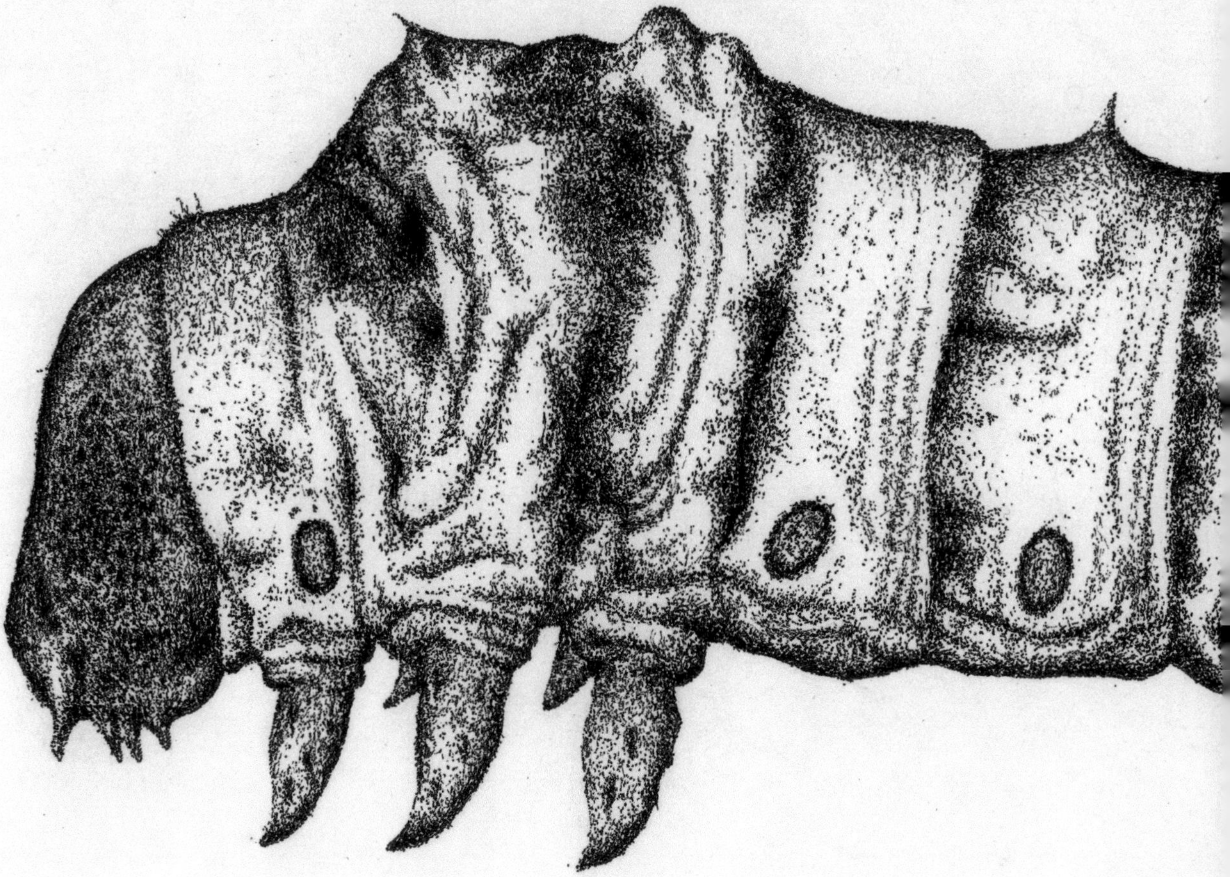

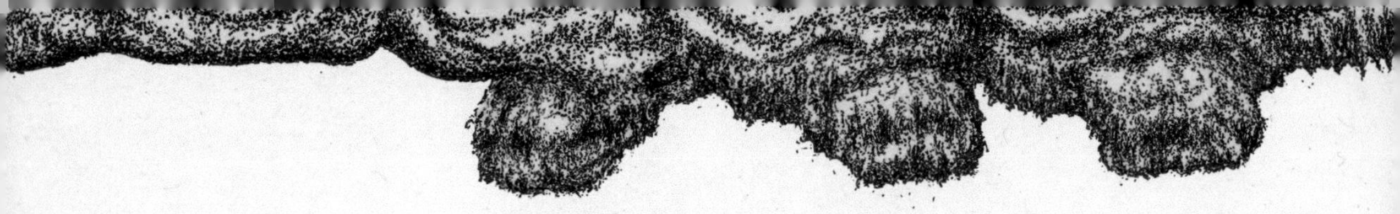

M 23

+++ Als Leizu, die Frau des Gelben Kaisers, vor mehr als 5000 Jahren unter einem Maulbeerbaum sitzt und Tee trinkt, fällt ihr etwas Seltsames in ihre Teetasse.
Es ist der Kokon einer Seidenraupe. Schon bald wird der kleine weiße Seidenspinner zum größten und am besten gehüteten Geheimnis des Landes. Über die Seidenstraße werden die hauchzarten Stoffe nach Konstantinopel und Rom gebracht – und dort mit Gold aufgewogen. Im Jahr 550 nach Christus ist die Geduld Kaiser Justinians erschöpft. Er schickt zwei Mönche in geheimer Mission nach China. Es gelingt den beiden, in ihren ausgehöhlten Pilgerstäben sowohl ein paar Handvoll Maulbeerbaum-Samen als auch die Eier des Seidenspinners bis nach Europa zu schmuggeln. +++

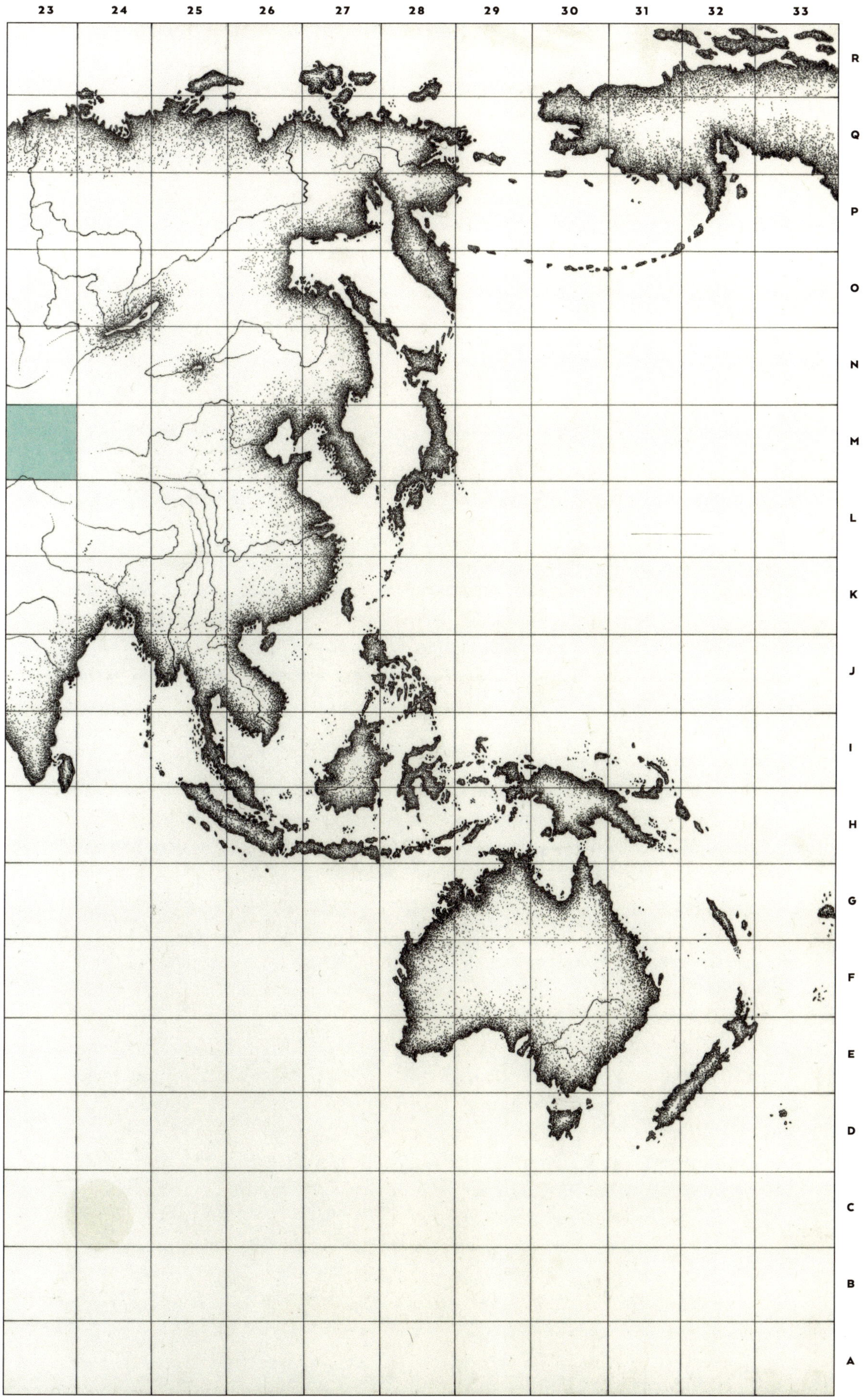
23
24
25
26
27
28
29
30
31
32
33
R
Q
P
O
N
M
L
K
J
I
H
G
F
E
D
C
B
A

2003

GREG BROWN

Schatzsucher, Barrhill, Schottland

—— „ROGER – ES GEHT LOS! *Da sitzt sie wieder in ihrem gelben Kostüm, das sie immer trägt, wenn sie im Fernsehen ist.*" *„Diese Kräuterhexe"*, sagt Roger. *„Ich würde wirklich gerne wissen, wie sie es wieder angestellt hat, schneller zu sein als wir mit unseren Profi-Detektoren." „Lass mal hören."*

—— *„Guten Abend, Mrs Jones. Schön, dass Sie zu uns ins Studio kommen konnten! Nachdem Sie bereits zwei alte Grabstätten aufgespürt haben, überraschen Sie jetzt die Fachwelt mit diesem wunderbaren Fund aus der Zeit der Angelsachsen. Hier sind nochmal die Bilder ... Aber sagen Sie: Wie machen Sie all diese sensationellen Entdeckungen?"*

—— *„Ach wissen Sie, als ich meine Stelle in der Fabrik verloren habe, musste ich ja irgendetwas anfangen. Ich habe es mit Stricken versucht und mit Marmeladeeinkochen. Doch das war alles nichts. Und dann kam ich auf die Idee mit den Wildkräutern." „Verzeihen Sie, Mrs Jones, unsere Zuschauer sind ja vor allem an ihrer Methode des Schatzsuchens interessiert ..." „Ja – mit den Kräutern hat es angefangen. Eine meiner Lieblingspflanzen ist der wilde Salbei. Kennen Sie den Geschmack? Sie brauchen nur eine klitzekleine Blattspitze, und schon ..."*

—— *„Ja, Mrs Jones, ich will das gerne glauben, aber bitte denken Sie daran, dass unsere Sendezeit begrenzt ist, und die Zuschauer möchten natürlich gerne wissen ..." „Wieso? Es war doch gerade dieser Salbei, der mir den Weg gewiesen hat: Salbei wächst nicht einfach so mitten auf der Wiese. Da kommt er nicht gut an gegen das Gras, gegen Sauerampfer oder Scharbockskraut. Wussten Sie, dass die Blätter dieses Krauts unheimlich viel Vitamin C beinhalten und dass dieses auch dann enthalten bleibt, wenn man sie trocknet?" „Nein, Mrs Jones, aber bitte, der Salbei, der Schatz ..."*

—— *„Also, der wilde Salbei wächst nicht gerne mitten auf der Wiese, das muss man wissen. Er wächst am liebsten am Wegrand, am Waldrand oder – auf einem alten Maulwurfshügel. Und wie ich – es war am 26. April, das weiß ich noch – an einem besonders schönen Tag Salbei pflücken will, ja was sehe ich da? Einen kleinen schwarzen Ring! Ich habe ihn eingesteckt, ohne groß darüber nachzudenken. Zu Hause habe ich dann festgestellt, dass er einen Schnörkel hat. Da habe ich meinen Metallreiniger für die Küchenspüle genommen, ein wunderbares Zeug, ich weiß gar nicht mehr die Marke, warten Sie ..."*

—— *„Frau Jones, was war denn ..." „Sie glauben ja nicht, wie der Ring sich verwandelt hat. Er hat geblitzt wie eine Kugel am Weihnachtsbaum, und da kam mir der Gedanke, dass es Silber sein könnte. Und tatsächlich ..." „Sie meinen also ..." „Aber sicher. Dieser Ring war das Erste, was ich gefunden habe. Und nachdem ich jetzt weiß, wo man suchen muss, nehme ich morgens immer zwei Körbchen mit, eins für die Kräuter, und eins für ... na, man weiß ja nie, wenn man an einem Maulwurfshügel vorbeikommt ..."*

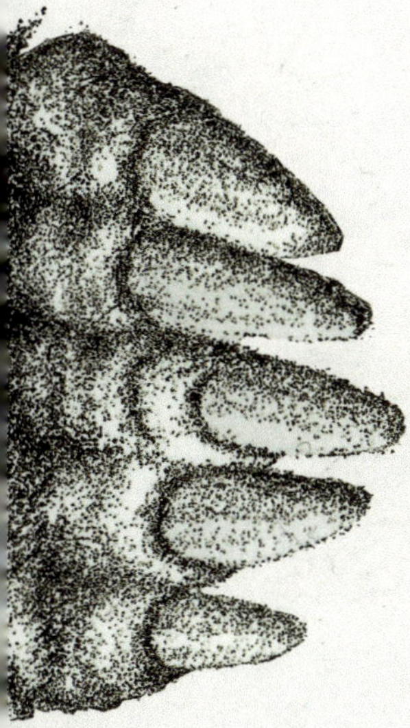

Talpa europaea

Europa

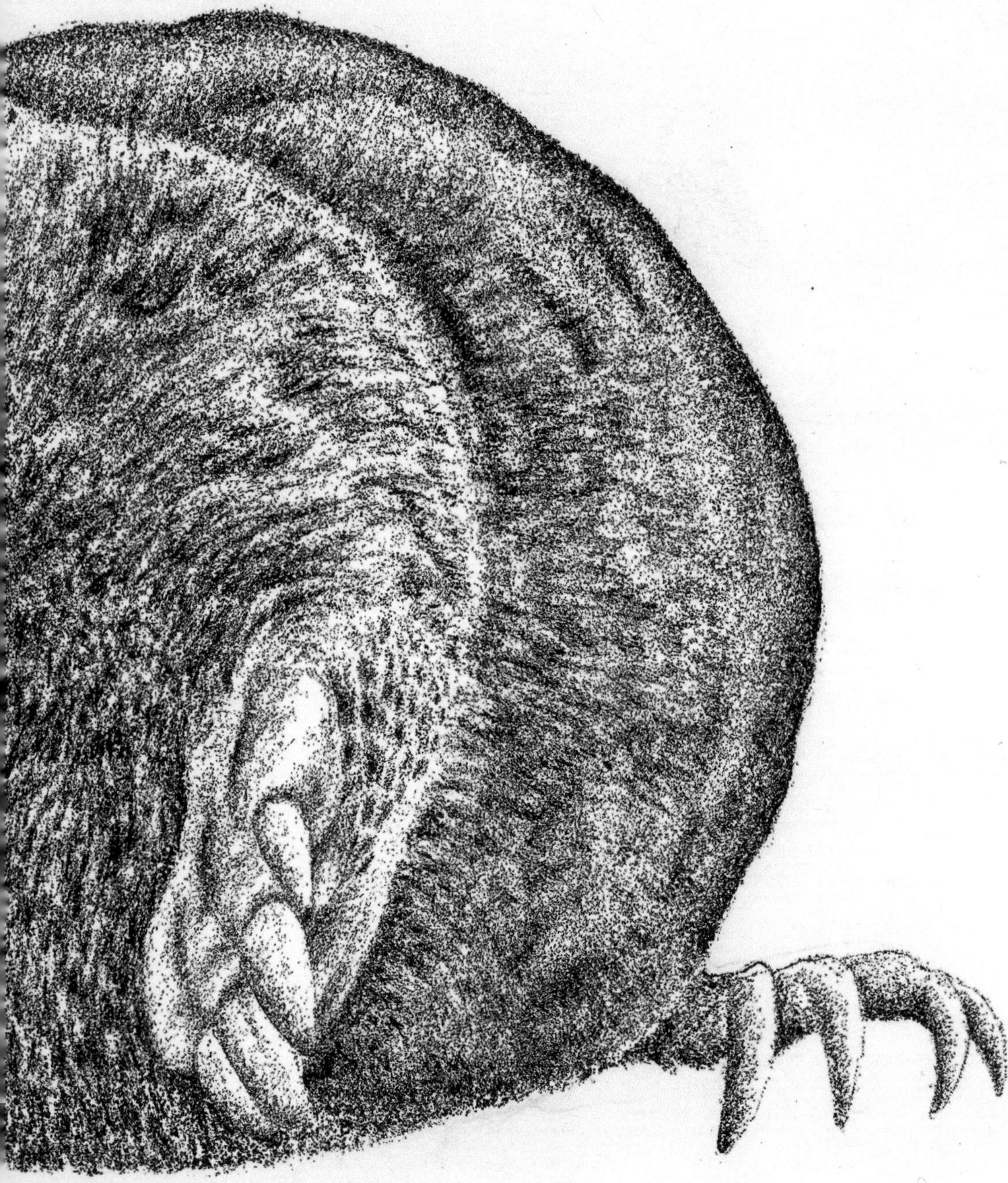

Europäischer Maulwurf

O 14

+++ Immer wieder geben Fundstücke in der lockeren Erde von Maulwurfshügeln Hinweise darauf, dass sich unter ihnen alte Siedlungen befinden. Im Jahr 2015 will der dänische Archäologe Jesper Hjermind diesen Umstand für seine Ausgrabungen nutzen. Er stellt bei der zuständigen Behörde den Antrag, Maulwürfe als Grabungshelfer einsetzen zu dürfen. Die Fundstücke in den Maulwurfshügeln würden besonders exakt die Lage der Gebäude unter der Erde anzeigen, so Hjermind, und damit auch, wo sich das Ausheben lohne. Der Antrag wird bewilligt. Sein schonendes Ausgrabungsverfahren nennt Hjermind kurz: Maulwurfologie. +++

12
13
14
15
16
17
18
19
20
21
22
R
Q
P
O
N
M
L
K
J
I
H
G
F
E
D
C
B
A

1905

JAN VAN HARDEFELD

Ingenieur, Mitglied der Kanalbau-Kommission, Las Cascadas, Panamakanalzone

— „ES SIND EINFACH ZU VIELE. *Wir haben jetzt einen Krankenstand von mehr als 30 Prozent und müssen die Arbeiten schon wieder unterbrechen. Wenn das so weitergeht, ist es vorbei!*“ So haben wir den neuen Chef-Ingenieur Stevens noch nie sprechen hören. Er steht auf und will den Raum verlassen, den holzgetäfelten, wunderbar kühlen Raum der Baukommission. John Frank Stevens ist Eisenbahnpionier und hat hier in der Kanalzone hundertmal mehr bewegt als alle seine Vorgänger. Bis heute war er es, der uns allen noch Mut machen konnte. Seine Pläne für das Bahnsystem, insbesondere seine Idee, die Erdmassen mit riesigen Förderbändern abzutransportieren, haben uns bis zuletzt angespornt.

— Wenn Stevens aufgibt, dann ist es wirklich zu Ende. Schließlich kennen wir alle die Lage: Die Arbeiter gehen reihenweise an der Fieberpest zugrunde. Manche sterben innerhalb eines Tages. Erst die gelbe Hautfarbe, dann das schwarze Erbrochene. Im Bautagebuch sind schon mehrere tausend „Abgänge“ eingetragen.

— Da bleibt Stevens noch einmal stehen: „*Und trotzdem: Wir dürfen jetzt noch nicht aufgeben! Nicht wie die Franzosen, die hier vor ein paar Jahren abgezogen sind und außer gigantischen Schulden und einem sumpfigen Loch nichts zustande gebracht haben. Es kann nicht alles umsonst gewesen sein! Unsere Truppe hier hat schon mehr als 40 Prozent geschafft. Und wenn wir erst drüben am Pazifik sind, fahren die Schiffe in weniger als einer Tagesreise von dem einen Ozean zu dem anderen Ozean. Wir werden hier die Welt verändern. Und IHR werdet an Bord des ersten Schiffs sein, das mitten durch Amerika fährt, einfach so!*“ Wie oft haben wir diesen Satz gehört: „*... mitten durch Amerika, einfach so.*“

— Unsere letzte Hoffnung ruht auf diesem jungen Arzt, den Roosevelt geschickt hat. Er soll auf Kuba das Gelbfieber besiegt haben. Aber es waren schon so viele Ärzte hier. Und keiner von ihnen konnte das Fieber aufhalten. „*Er hat eine Million gefordert für seine Kampagne!*“ „*Eine Million Dollar!*“, wiederholt ein anderer aus der Kommission. „*Dafür kann man ein nagelneues Krankenhaus aus Paris kommen lassen – einschließlich 100 Ärzten und 1000 phantastischen Krankenschwestern!*“ „*Wie man hört, glaubt der Arzt, dass es ausreicht, wenn man gegen die Mücken vorgeht! Ist diese Theorie überhaupt haltbar?*“ „*Und wenn schon – es ist aussichtslos! Auf Kuba waren es vielleicht nicht so viele. Aber hier in den Sümpfen sind es Millionen! Dagegen kommt man nicht an!*“ „*Aber es ist unsere letzte Chance*“, sagt Stevens resigniert. „*Er soll es versuchen. Doch 50.000 Dollar müssen genügen! Stimmen wir ab!*“

Aedes aegypti

Tropen und Subtropen

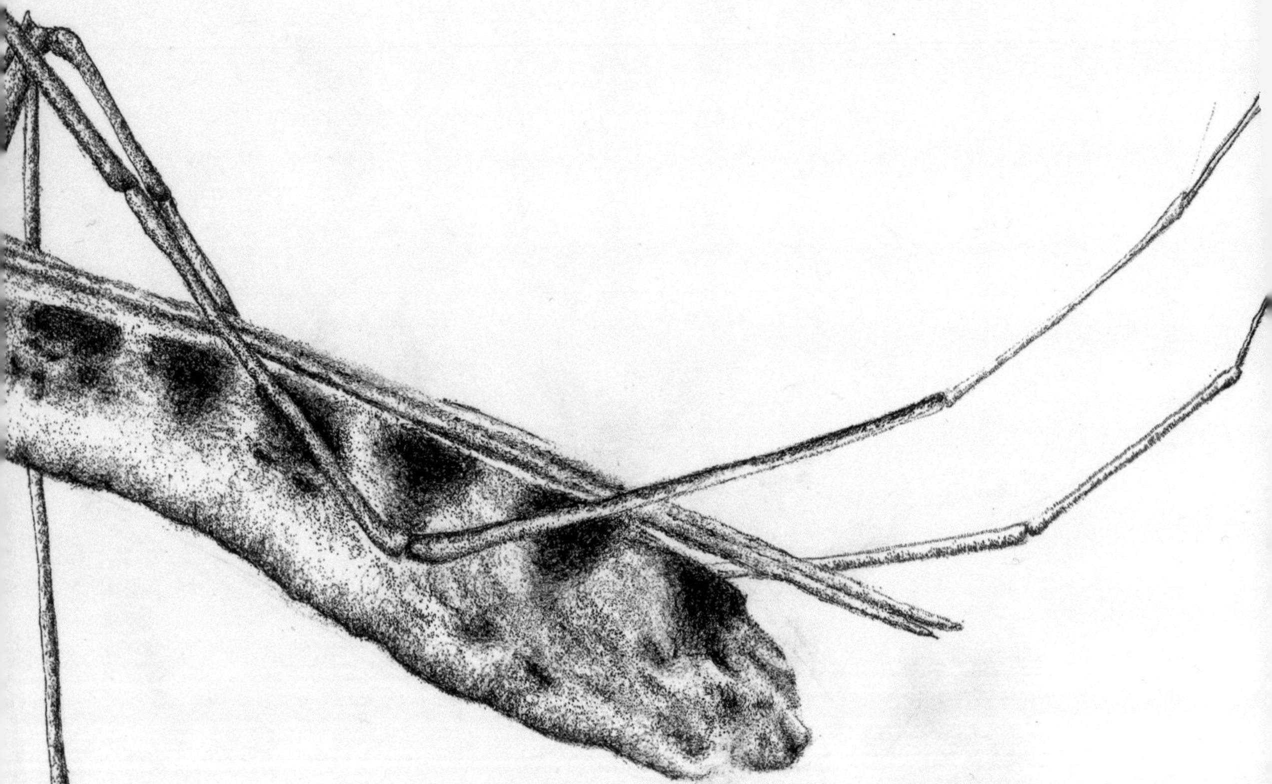

Gelbfiebermücke

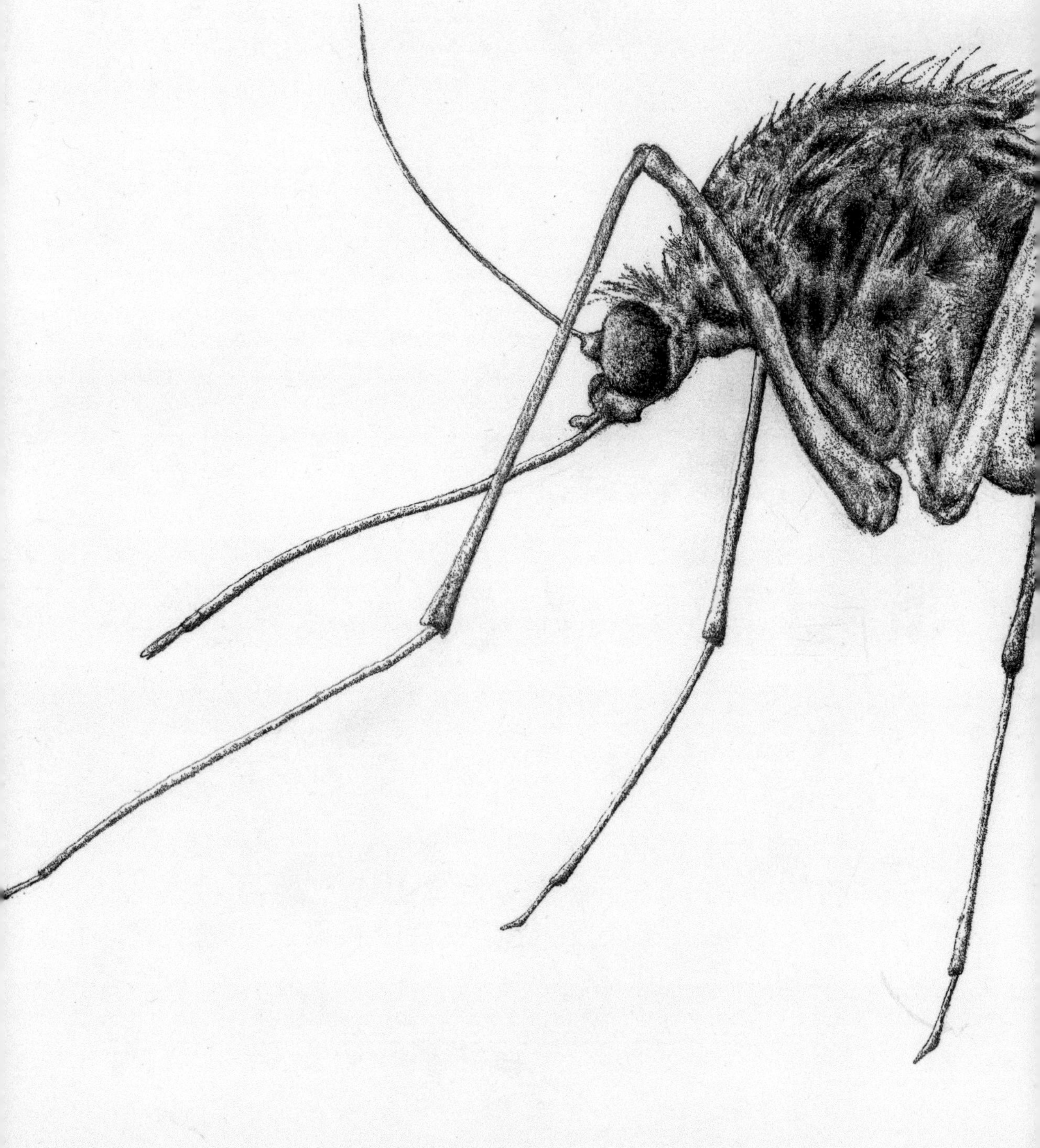

105

+++ „Tötet die Moskitos – und das Gelbfieber wird verschwinden." Als William Gorgas 1906 von der US-amerikanischen Regierung in die Panamakanalzone geschickt wird, um das Gelbfieber auszurotten, trauen die Herren von der Kanalbau-Kommission ihren Ohren nicht. Doch schließlich geben sie grünes Licht für diese teuerste Gesundheitskampagne aller Zeiten. Jedes Haus in der Kanalzone wird ausgeräuchert – und, um die Larven zu vernichten, wird jeder Kanal, jeder Teich, jede kleine Pfütze mit einer Ölschicht bedeckt. Der Erfolg bleibt nicht aus: Bereits kurz darauf hat sich die Zahl der monatlichen Neuansteckungen halbiert. Einen Monat nach Beginn der Maßnahmen werden nur noch sieben Fälle gezählt.

Heute ist es unumstritten: Der Kanal, der die beiden Weltmeere verbindet und damit die Weltmachtstellung der USA manifestieren wird, ist vor allem William Gorgas und seinem Sieg im Kampf gegen die Mücken zu verdanken. +++

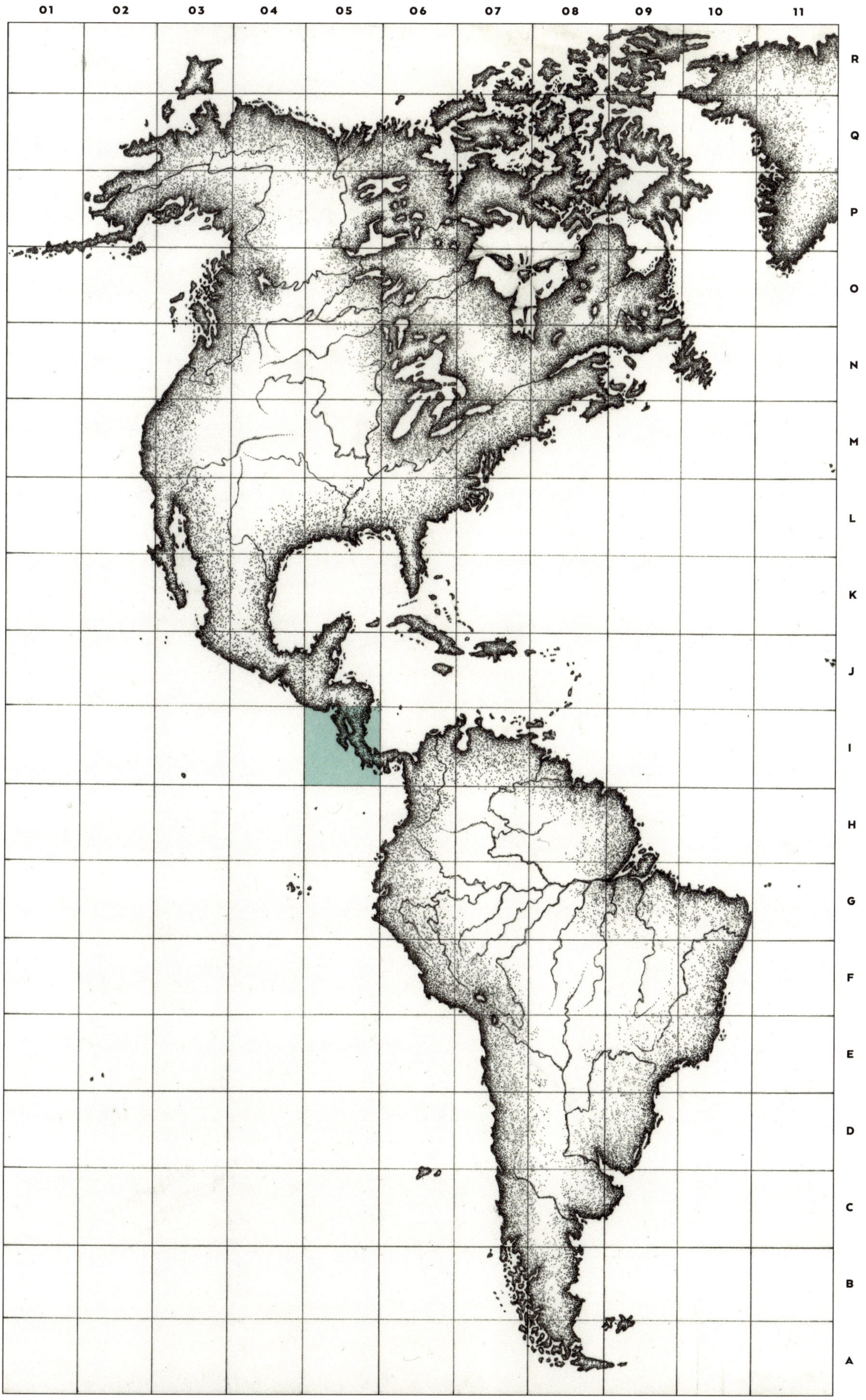
01
02
03
04
05
06
07
08
09
10
11
R
Q
P
O
N
M
L
K
J
I
H
G
F
E
D
C
B
A

1891

OTTO LILIENTHAL

Potsdam, Deutschland

—— NICHT EINEN EINZIGEN TAG LANG HABE ICH DARAN GEZWEIFELT: Ich bin in der Luft! Wie wurden die anderen gelobt und beklatscht, diese Leichter-als-Luft-Flieger, die mit ihren riesenhaften Gefährten so schwerfällig und unendlich langsam in die Höhe steigen! Das hier dagegen ist – Erhabenheit! Die Füße heben vom Boden ab, ich gleite schwerelos durch die Luft und segele mit dem Wind.

—— Nichts war umsonst, jede Tabelle, jede Skizze und jede noch so misslungene Konstruktion hat mich hierhergeführt. Immer wieder habe ich sie beobachtet. Wie sie über das Wasser segeln, nur hin und wieder mit ein paar Flügelschlägen nachhelfen, wie sie aufsteigen und hinabschnellen, nach links oder rechts abbiegen, und immer den Kopf geneigt, um die Wasseroberfläche nach Nahrung abzusuchen. Und dann habe ich es irgendwann verstanden: Es ist die leichte Wölbung ihrer Flügel, die den Auftrieb in der Luft ermöglicht. Und nur die Spitzen sind es, die sich beim Auf- und Abschlagen bewegen. Beobachtet man nämlich ihr Fliegen bei Sonnenschein, dann sieht man ein Aufblitzen am Flügelende, das durch die wechselnde Neigung der Spitzen hervorgerufen wird.

—— Und dann diese Zweifler! Immer lächelten sie und wiederholten die alte Leier: *„Nach Art des Vogels zu fliegen, das wird dem Menschen nie gelingen. Er ist einfach zu schwer!“* Dabei lag es doch so klar vor Augen: Zuerst den Flügelschlag entschlüsseln und dann Stück für Stück auf eine Konstruktion für Menschen übertragen.

—— Jetzt in diesem Augenblick, in dem ich zum ersten Mal spüre, wie die Luft meine Flügel hebt und mich trägt. Jetzt sind alle meine Gedanken bei ihnen, meinen Lehrmeistern. Nicht mir, sondern ihnen muss das Denkmal gesetzt werden, wenn die Menschen es ihnen gleichtun und das alte Gesetz der Erdanziehung einfach eine Weile außer Kraft setzen.

—— Allen Zweiflern sei es gesagt: *„Es gibt ihn wirklich, den Flug, der keiner Anstrengung bedarf! Jetzt muss nur noch weiter getüftelt und probiert werden; denn auf dem Papier kann das Flugproblem niemals gelöst werden. Und wenn die Flügelwölbung erst exakt nachgebildet ist und die Maße ganz genau stimmen, werden auch wir schweben, kreisen, segeln – und sogar um uns selbst drehen werden wir uns in der Luft!“*

Larus argentatus

Nord- und Westeuropa

Silbermöwe

N 16

+++ Es ist der Tag, der in die Geschichte eingehen wird als derjenige, an dem es zum ersten Mal einem Menschen gelingt, zu fliegen. Und das, obwohl niemand das genaue Datum kennt. Sicher ist: Es muss ein schöner Sommertag im Jahr 1891 gewesen sein, so heißt es in allen Berichten, als Otto Lilienthal zum nicht weit von Potsdam entfernten Derwitzer Mühlenhügel aufbricht, dort in seine „Möwe“ steigt und ganze 15 Meter durch die Luft segelt, bevor er wieder sicher auf dem Boden landet. Seine Konstruktion basiert auf jahrelangen Studien des Vogelflugs, vor allem der Möwen.

Für Otto Lilienthal ist dieser erste Erfolg vor allem ein Ansporn zum Weitermachen. Er rechnet, zeichnet und konstruiert. Er fliegt und fliegt und fliegt. Und schon vier Jahre später, im Jahre 1895, stellt er in seiner Fabrik die ersten Luftfahrtgeräte in Serie her. Er nennt sie kurz: Flug-Zeuge. +++

12
13
14
15
16
17
18
19
20
21
22
R
Q
P
O
N
M
L
K
J
I
H
G
F
E
D
C
B
A

1873

GEORGE SMITH

Professor für Literatur, Brighton, England

— DIE GESELLSCHAFT IST FAST VOLLZÄHLIG. Sir Henry Lee hat zu sich nach Hause eingeladen. Es ist nicht nur eine ungewöhnliche Runde von Professoren der Biologie und der Literatur, es ist auch ein gewagtes Experiment: Im Salon des Hauses soll ein Wasserbehälter stehen, in welchem sich ein nicht gerade kleines Exemplar frei bewegt. Die Tür ist noch geschlossen. Erst wenn alle da sind, wird der Direktor des Brightoner Aquariums den Gästen das Tier in dem Bassin vorführen. *„Aber meine Herren, Sie kennen doch die Geschichte von Sir Genville Temple."* Professor Brown, einer der Gäste, blickt herausfordernd in die angespannten Gesichter: *„Der Kapitän aus Sardinien, der auf der Insel Jerbeh badete, wurde angegriffen und unter Wasser gezogen. Als man seine Leiche fand, waren seine Gliedmaßen von den Fangarmen des Tieres fest umklammert!"*

— Der Gastgeber antwortet höflich: *„Es stimmt wohl, die Fangarme besitzen eine enorme Kraft."* Henry Lee wählt seine Worte mit viel Bedacht. *„Es ist auch unumstritten, dass es für einen Schwimmer gefährlich werden kann, wenn es einmal zu einem unglücklichen Zusammentreffen kommt."* Zustimmendes Gemurmel. *„Aber"*, fährt Lee fort, *„aber, dass diese Tiere böswillig sind, kann ich nicht bestätigen. Sie sind harmlos, wenn auch ..."* Er muss seine Stimme heben, um gegen das lauter werdende Raunen anzukommen: *„... wenn auch äußerst neugierig, ja, ich will fast sagen: von außergewöhnlicher Intelligenz."*

— Es klopft. Zwei weitere Professoren treten ein. Henry Lee ist jetzt ganz in seinem Element: *„Die Berichte von Giganten im Ärmelkanal, die ganze Flotten angegriffen und zum Meeresboden hinabgezogen haben sollen, könnten auch Übertreibungen sein."* Er nickt den Literaturprofessoren zu. *„Natürlich, es ist unumstritten eine hohe Kunst, Geschichten zu erzählen. Aber die Berichte von Seefahrern, die Meeresungeheuern auf hoher See begegnet sein wollen, müssen doch zum Teil bezweifelt werden. In ihren Todesängsten haben diese Zeugen womöglich vergessen, dass nach Isaac Newtons Verständnis der Wissenschaft nur das zählt, was exakt gemessen, gewogen und beschrieben werden kann! Deshalb wollen wir heute"*, er öffnet die große Flügeltür, *„dieses Geschöpf einmal ganz frei von all dem Schrecklichen betrachten, das ihm angedichtet ..."* Abrupt hält er inne. Suchend blickt er sich um. Und jetzt sehen es alle: Der Wasserbehälter, der auf dem Tisch in der Mitte des Zimmers steht, ist leer! Alle Augen verfolgen die Wasserspur, die quer durch den Raum führt. Die Gäste schauen gebannt in die Ecke, wo sich hinter der Kommode ein dunkler Fangarm von der Länge eines menschlichen Beins langsam hin und her bewegt. Es herrscht vollständige Stille. Schließlich hört man, wie erst einige wenige und dann immer mehr Gäste leise das Haus verlassen.

Octopus vulgaris

Meere der gemäßigten Zone

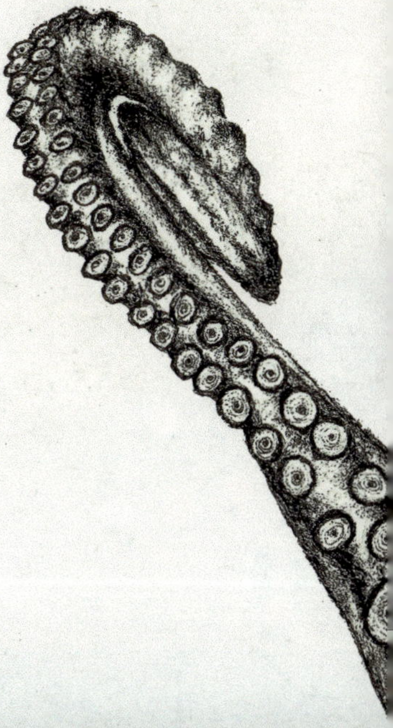

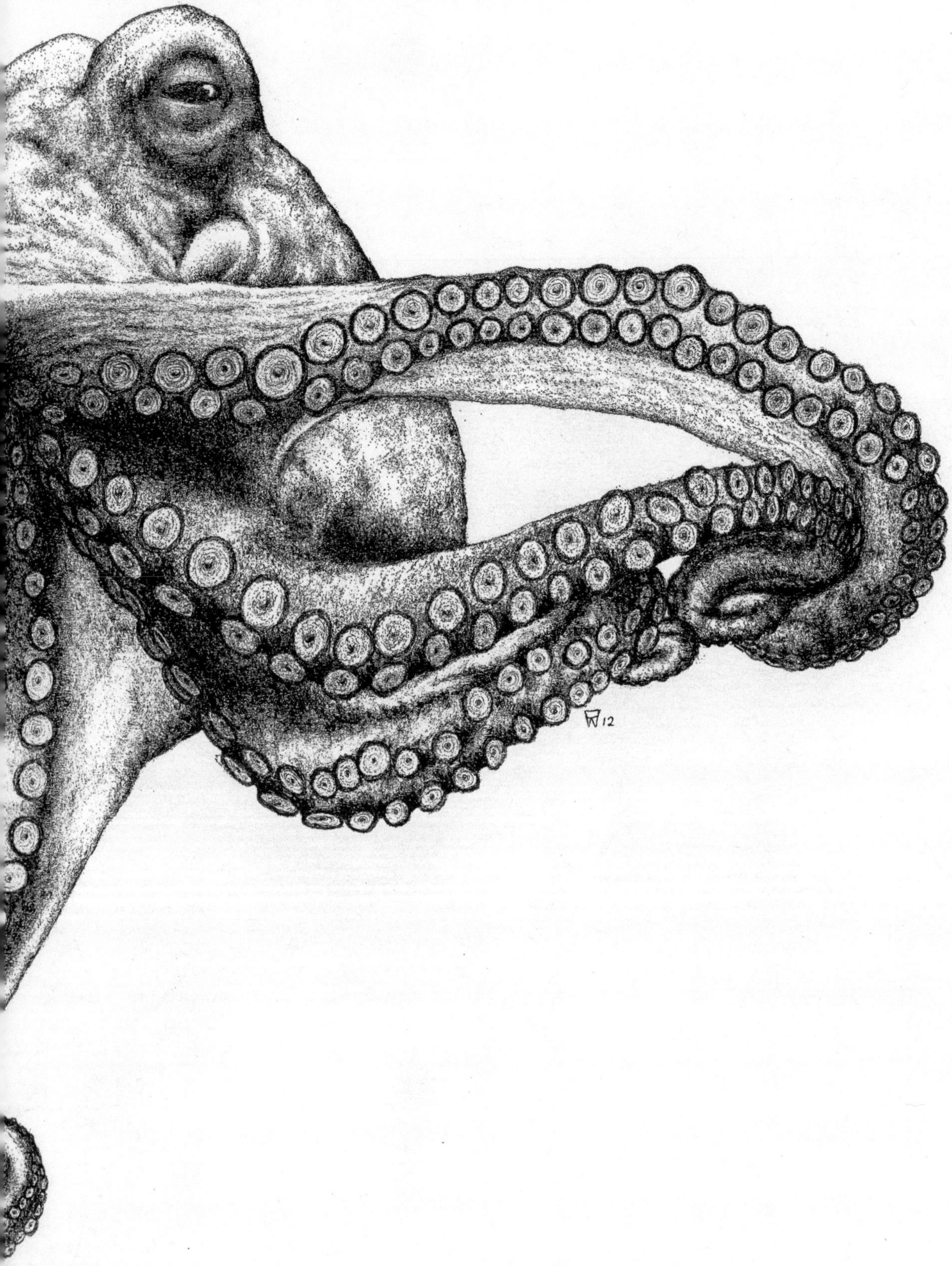

Gemeiner Krake

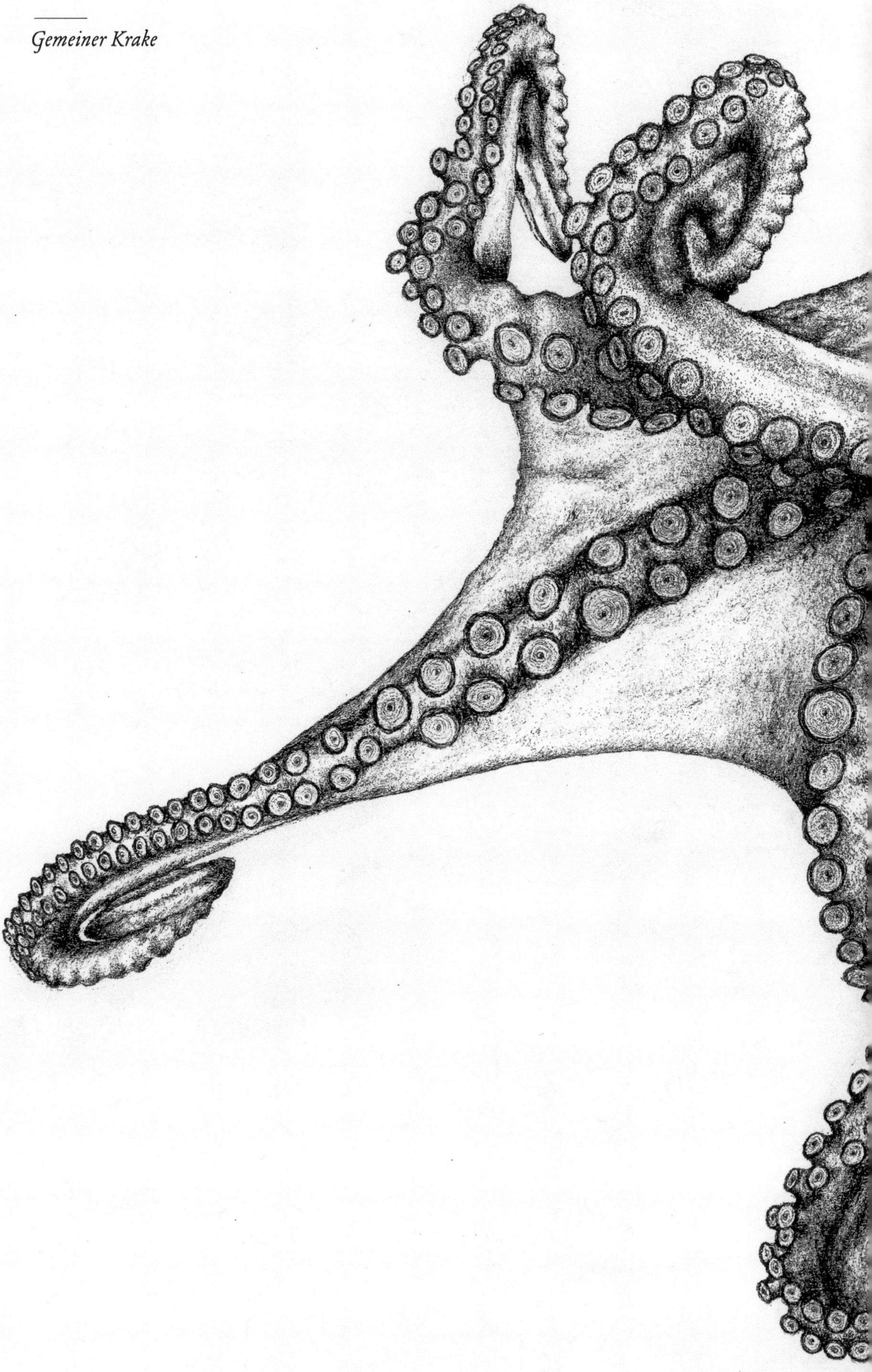

N 15

+++ Lange Zeit wird der Krake als eine Art biblisches Ungeheuer betrachtet und von der Wissenschaft ignoriert. Erst als sich die Berichte von Seefahrern häufen und 1866 Victor Hugos Roman „Die Arbeiter des Meeres" erscheint, beginnt sich auch die Naturwissenschaft seiner Existenz anzunehmen. Das Meeresgeschöpf hält Einzug in eine Art phantastische Zoologie: Verbreitet ist zunächst die Vorstellung, dass Kraken ihre Opfer mit den Fangarmen erdrosseln. Nach anderer Lesart sollen sie mit ihren Saugnäpfen den Opfern das Blut aussaugen. 1872 untersucht der Naturforscher Henry Lee in Brighton als Erster das Verhalten der Tiere. Er widerlegt die Schreckensmythen und veröffentlicht zahlreiche wissenschaftliche Untersuchungsergebnisse. Mit außergewöhnlichen Aktionen, wie zum Beispiel der Vorführung eines Kraken in seinem eigenen, heimischen Salon, ermöglicht der beherzte Professor erstmalig eine echte Annäherung von Krake und Mensch. +++

12
13
14
15
16
17
18
19
20
21
22
R
Q
P
O
N
M
L
K
J
I
H
G
F
E
D
C
B
A

2011

JAIME QUISPE

Insel-Wächter, Cusicancha, Peru

— DIE SONNE STEHT SCHON HOCH AM HIMMEL. Die weißen Kuppen der Schneeberge leuchten über dem Tal. Tio Alfonso ist unter den Eukalyptusbäumen eingeschlafen. Ich werde erst einmal nichts sagen, wenn er aufwacht. Vielleicht ist es ihm unangenehm. Und er muss sich ja auch ausruhen von der Reise. Ich beneide meinen Onkel. Eigentlich darf auch ich mich nicht beschweren: Die Nelken blühen sehr schön in diesem Jahr. Sie verkaufen sich gut.

— Aber ich habe eine Entscheidung getroffen: Ich möchte hier weg. Weg aus diesem Tal. Wirklich Geld verdienen. Nicht mein Leben lang auf dem Blumenfeld arbeiten. Ich war gut in der Schule, werde ich Onkel Alfonso sagen. Wenn wir im Schatten der großen Bäume das Brot und den Käse essen, dann werde ich es ihm sagen. Und auch, dass ich genau wie er als Wächter auf der Insel arbeiten möchte. Er weiß ja, dass es hier im Dorf kaum Möglichkeiten gibt. Auch wenn die Arbeit als Wächter nicht einfach ist. Man geht an seine Grenzen, sagt Tio Alfonso immer. Damit meint er bestimmt die Einsamkeit und dass er so lange von zu Hause weg ist. Er kommt nur alle drei Monate ins Dorf. Dann feiern wir jedes Mal ein großes Fest. Wenn ich zurückkomme, werden auch alle mit mir feiern. Und ich werde eine Familie haben und drei Kinder. Und als Erstes werde ich dann, genau wie Onkel Alfonso, die Hausaufgaben meiner Kinder ansehen. Denn sie müssen gut sein in der Schule. Das ist wichtig.

— Als ich den Onkel früher einmal gefragt habe, ob ich als Wächter arbeiten könne, sagte er: *„Du bist noch zu jung. Das würdest du nicht aushalten. Und wenn ich meinem Chef jemanden empfehle, der dann später die Arbeit nicht aushält, dann verliere ich selbst noch die Arbeit.“* So hat er es gesagt. Aber jetzt bin ich älter. Ich werde es schaffen. Und Tio Alfonso wird nicht mehr lange auf der Insel arbeiten können. Er ist zu alt, das hat er gestern Abend selbst gesagt. Ich werde ihm vorschlagen, sein Nachfolger zu werden. *„Der Gestank ist das Schlimmste“*, sagt er. *„Man muss ihn aushalten können, sonst geht es nicht. Er ist immer da, er beißt in der Nase, er zermürbt einen. Aber wenn man diese beiden Dinge gut im Griff hat, das Alleinsein und den Gestank, dann kann man den Job machen. Dann kann man sie beobachten, wie sie brüten, die Jungen füttern, wie sie ihnen das Fliegen beibringen – und das Wichtigste: Dann hat man das Zeug dazu, sie zu beschützen.“*

Morus bassanus

Atlantik

Basstölpel

F 06

+++ ,,Guano" ist die fachliche Bezeichnung für den Vogeldreck des Tölpels. Wegen seiner besonderen Eigenschaften wird Guano aber auch als ,,das weiße Gold von Peru" bezeichnet. Schon Alexander von Humboldt beobachtet 1805, dass die Inkas aus den Ausscheidungen der Seevögel ein Pulver gewinnen, das sie auf ihre Felder aufbringen. Bald darauf finden die Europäer heraus, dass sich mithilfe des peruanischen Wunderdüngers ihre Erträge verdreifachen lassen. In der Folge importieren sie enorme Mengen. Das führt dazu, dass der Guano systematisch abgebaut wird – ohne Rücksicht auf die Vögel und ihre Brutstätten. Die Regierung von Peru sieht sich schließlich im Jahre 1909 genötigt, die Guano-Inseln in staatliche Obhut zu nehmen und den Abbau streng zu reglementieren: Nur noch alle zehn Jahre dürfen die nachwachsenden Kotschichten vorsichtig und in vorgeschriebenen Arbeitsschritten abgebaut werden. In der Zwischenzeit bleibt die Insel den Tölpeln überlassen. Niemand darf dann die Insel betreten. Dafür sorgen zwei staatliche Inselwächter, die inmitten der vielen tausend brütenden Vögel auf der Insel leben – und aufpassen, dass sich kein Guano-Dieb der Insel nähert. +++

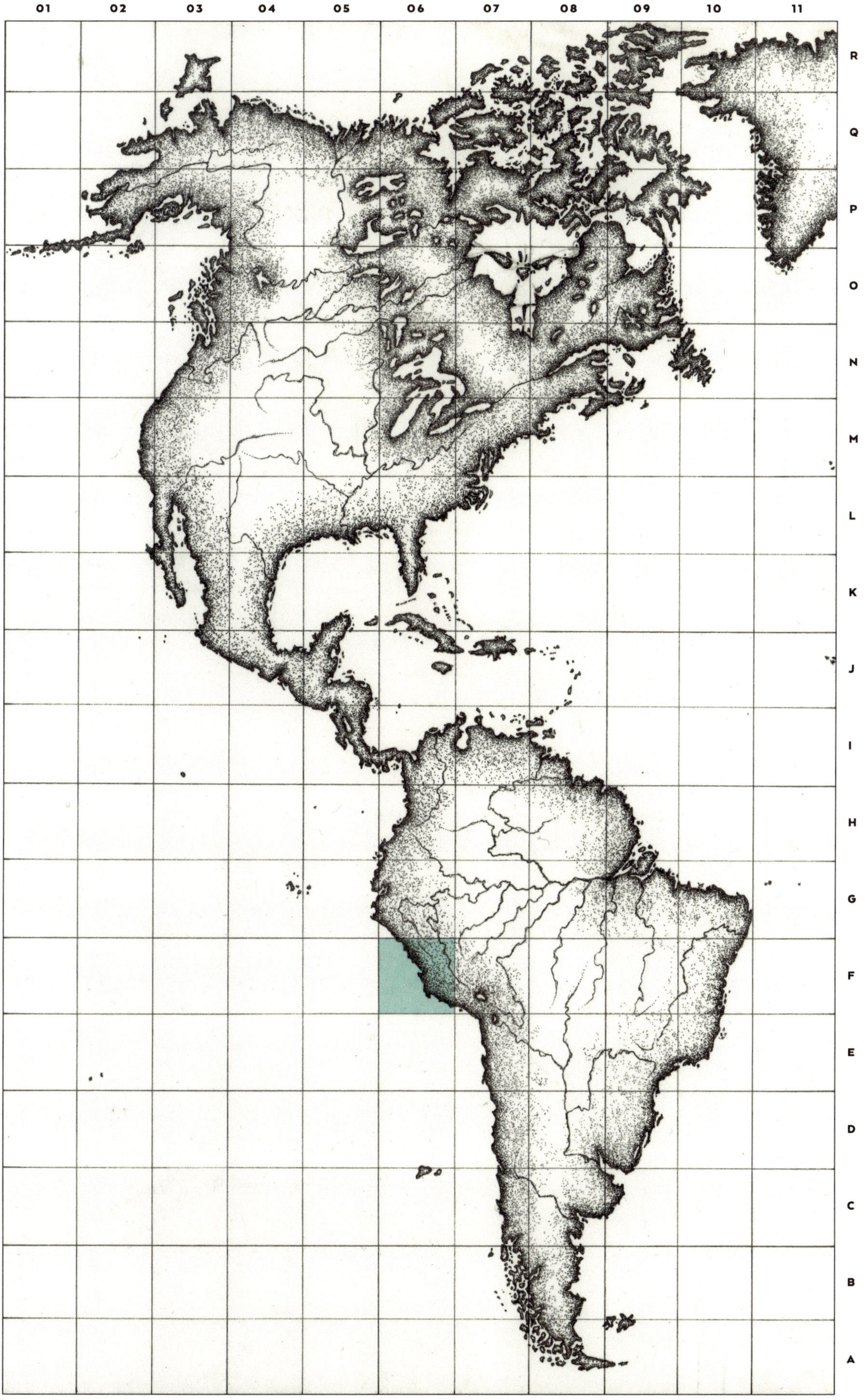
01
02
03
04
05
06
07
08
09
10
11
R
Q
P
O
N
M
L
K
J
I
H
G
F
E
D
C
B
A

1662

JOHANNA MERIAN

Frankfurt am Main, Deutschland

—— „WANN FING ES AN?“

—— *„Ich weiß es nicht mehr genau. Zuerst waren da nur die Blumen, die sie mit nach Hause brachte. Dann begann Sibylla, die Blumen zu zeichnen und zu aquarellieren. Recht hübsche Bilder, wirklich! Ich war ein bisschen stolz. Meine Tochter!“*

—— *„Und dann?“*

—— *„Dann hat sie sich auf dem Dachboden eine Kammer eingerichtet. Dort zeichnet sie nun die Kräuter und Blumen, die sie auf ihren täglichen Streifzügen zusammensucht, aber auch Käfer und allerhand Krabbelgetier. Sie verwahrt diese Wesen in kleinen Schachteln und Kästchen, und – man glaubt es kaum – sie füttert sie. Das macht mir Angst.“*

—— Ich darf nicht zu viel reden. Sonst wird Sibylla womöglich noch als Kräuterfrau und Giftmischerin beschimpft. Im nahen Odenwald wurden solche Frauen bis vor Kurzem als Hexen verbrannt. Ich erinnere mich gut an eine Geschichte aus meiner Kindheit, die sich in unserer Umgebung ereignete.

—— Meine Schwester schenkt uns Tee nach. *„Aber wozu das alles?“*

—— *„Ich weiß es nicht. Sybilla wartet auf etwas Besonderes. Sie sagt dann ‚Das Wunder‘ oder ‚Das Wunder steht kurz bevor‘. Sie glaubt nämlich, dass Schmetterlinge nicht, wie alle anderen Insekten, aus einem Ei schlüpfen, sondern aus einer Art Nuss. Sie nennt sie Dattelnuss und ist der Meinung, dass diese Nuss von einem unansehnlichen Würmling geschaffen wird, um darin zu wachsen und sich nach einiger Zeit in einen Schmetterling zu verwandeln.“*

—— Meine Schwester runzelt die Stirn. *„Lass uns hinaufgehen!“*

—— *„Nein!“*, rufe ich erschrocken. *„Es ist … Einmal war ich in ihrer Kammer. Seitdem höre ich ständig Nagegeräusche. In den Schachteln sind unzählige wimmelnde Krabbelwesen, die aus Schlamm und Kuhfladen hervorgekrochen sind. Der ganze Dachboden ist voll davon! Ich spüre schon, wie sie an meinen Beinen heraufkriechen, und nachts schrecke ich auf, weil ich von riesenhaften schmatzenden Maden und Würmern verfolgt werde. Sie packen mich mit ihren Mahlwerkzeugen … Oh Gott!“*

—— Meine Schwester bleibt ruhig, sagt aber in ernstem Ton: *„Sybilla ist jetzt 13 Jahre alt. Wenn sie da oben ein paar Käfer oder Schmetterlinge sammelt, kann das ja nicht schlimm sein. Aber wie wird es sein, wenn sie ins heiratsfähige Alter kommt? Wir müssen sie bald von den Käfern wegbringen. Ich werde mit ihr sprechen.“*

Papilio machaon

Paläarktis

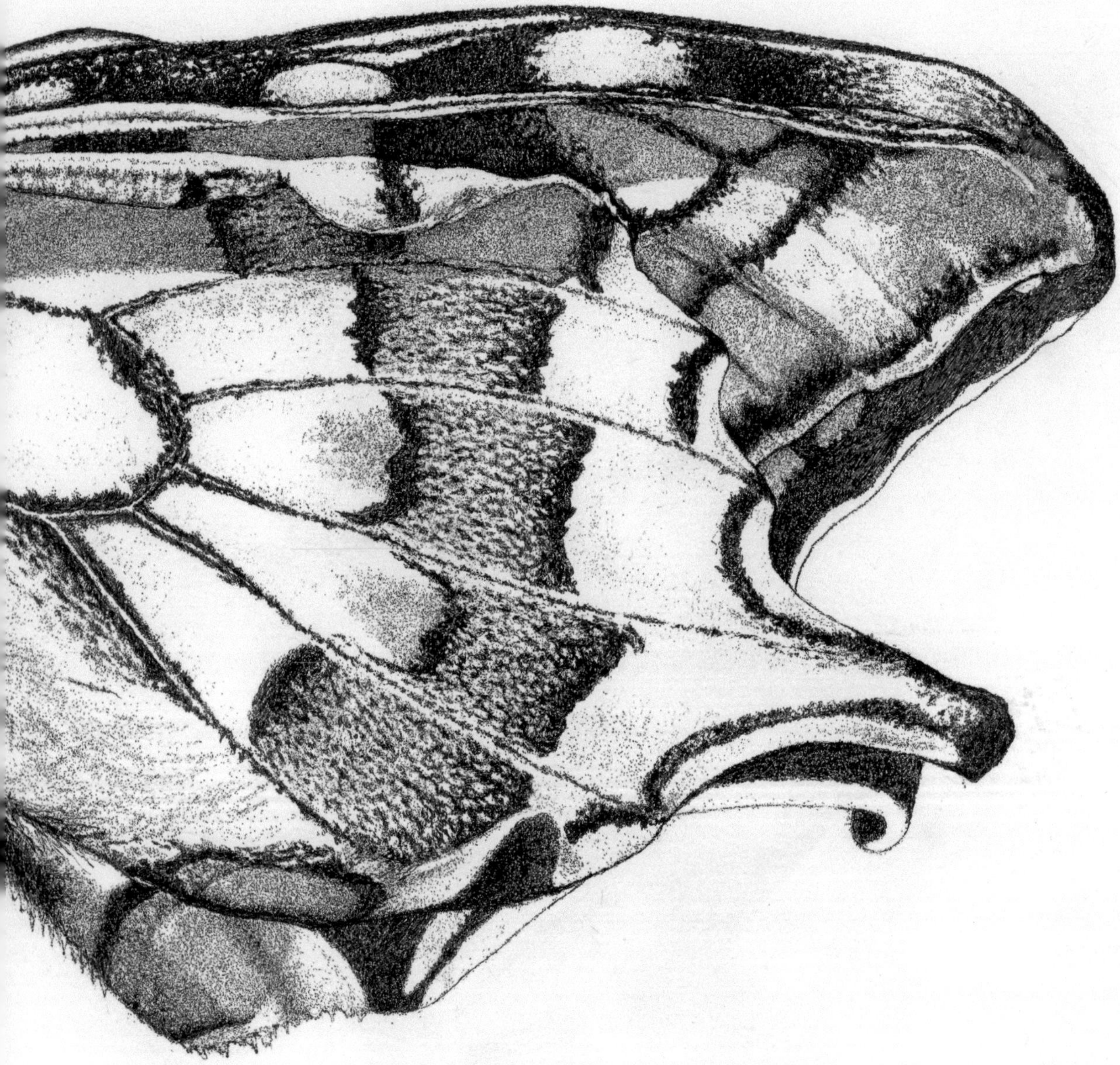

Schwalbenschwanz

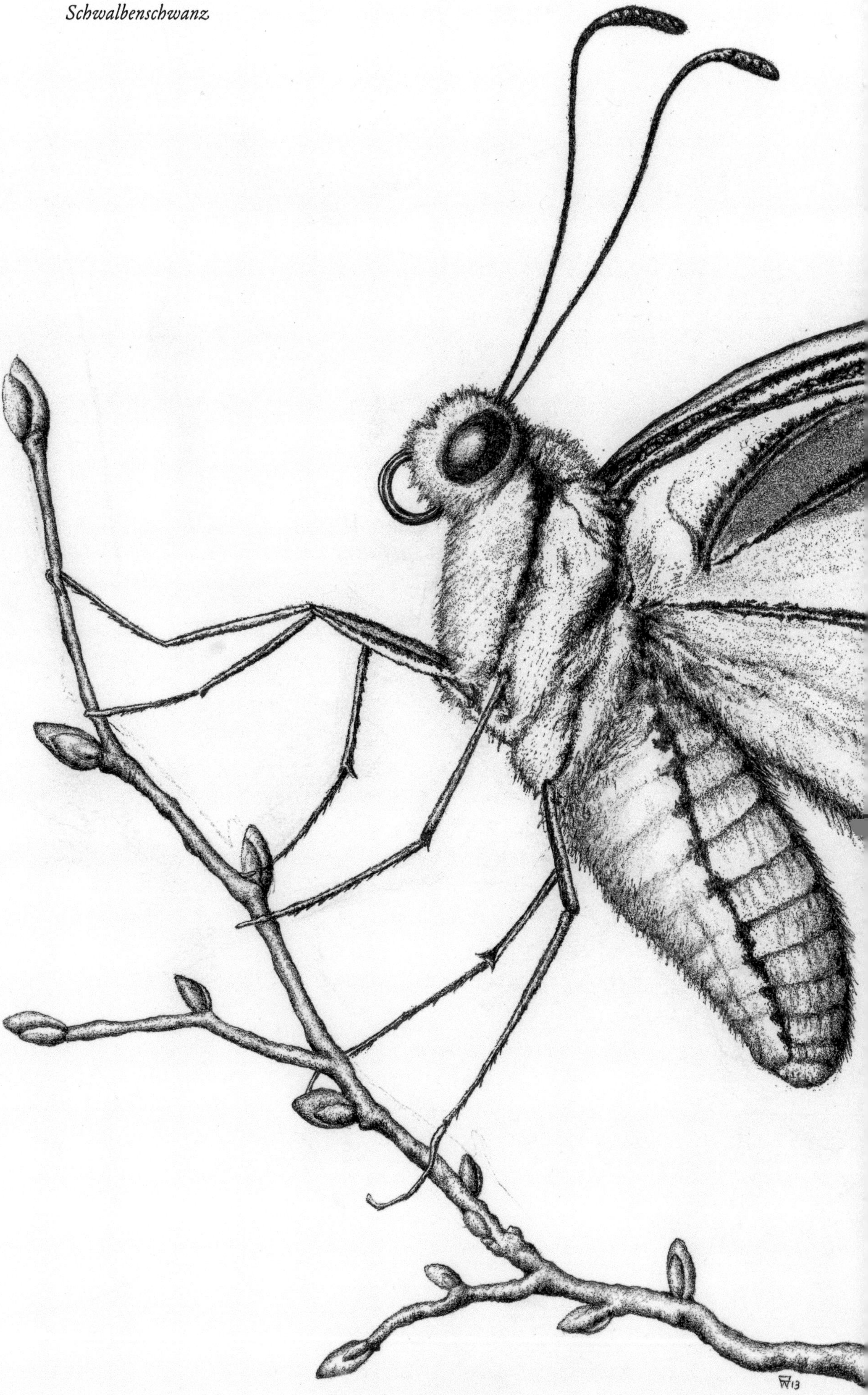

N 16

+++ Während Raupen und Schmetterlinge gemeinhin als unterschiedliche Tierarten betrachtet und nur getrennt voneinander untersucht werden, zeichnet die 13-jährige Maria Sibylla Merian aus Frankfurt mit Wasserfarben zum ersten Mal die Entwicklung der Raupe über ihre Verpuppung bis hin zum Schmetterling nach. 1679 veröffentlicht sie ihre „Metamorphosenbilder" in dem Buch „Der Raupen wunderbare Verwandelung und sonderbare Blumennahrung. Nach dem Leben abgemahlt und ins Kupfer gestochen." Das Buch erscheint in deutscher Sprache. Dies – und die Tatsache, dass sie eine Frau ist – führt dazu, dass ihr zunächst viele Wissenschaftler die Anerkennung versagen. Die Sprache der Gelehrten ist Latein. Doch schon bald wird man nicht mehr umhinkommen, ihre Zeichnungen zu würdigen – und anzuerkennen, dass es Sybilla Merian ist, die die Metamorphose entdeckt hat. +++

12
13
14
15
16
17
18
19
20
21
22
R
Q
P
O
N
M
L
K
J
I
H
G
F
E
D
C
B
A

1951

JOHN HOWEY

Kommandant der US-Air-Force,
Kontrollstation POINT LAY der „DEW-Line", Alaska

— DER STURM FEGT DEN SCHNEE ÜBER UNS HINWEG und holt sich die Bretter vom Dach unserer Station, als wären es Blätter im Herbst. Die Dunkelheit der letzten Monate hat uns beinahe alle Kraft geraubt. Mitch kann seinen mittleren Zeh nicht mehr spüren. Wir müssen ihn zu einem Arzt bringen. Wenn jetzt die Schwärze kommt, kann es schnell zu Ende gehen. Ich werde die Iñupiat fragen, ob sie ihn mit ihren Schlitten zur nächsten Siedlung bringen. Bestimmt gibt es etwas, was wir ihnen zum Tausch anbieten können.

— Draußen höre ich Rufe. Ich ziehe die Kapuze über und trete vor die Tür. Unten in der Iñupiat-Siedlung schlagen die Hunde an. Sie melden die Ankunft der Schlitten. Offenbar sind die Jäger zurück. Die Stimmung im Dorf ist ausgelassen. Einer der Jäger erklärt in dem jetzt schon einigermaßen verständlichen Hand-und-Fuß-Englisch, dass sie unterwegs das Zeichen gesehen haben: Frühling. Er wiederholt es noch einmal mit empathischem Nachdruck: Frühling! *„Was ist das Zeichen?"*, frage ich. Der Jäger malt mit dem Finger einen Pfeil in die Luft und lacht. Ich bin mir nicht sicher, ob ich ihn richtig verstehe. Ein Pfeil?

— In diesem Moment beginnt die Alarmsirene auf der Station markerschütternd aufzuheulen. Es ist das erste Mal, dass wir sie hören. Wir rennen los. Arthur rudert mit beiden Armen: *„Schnell! Zum Radar!"* Auf dem Bildschirm in der Station sieht man es ganz deutlich: Die Flugobjekte bewegen sich langsam in unsere Richtung. Arthur: *„Es sind Kampfflugzeuge – eine ganze Staffel!"* Er fasst mich am Arm: *„John, wie weit sind sie noch entfernt?"*

— Es ist eine pfeilförmige Anordnung. Ich stutze und überlege laut: *„Die Jäger haben von einem Pfeil gesprochen. Es könnten Wildgänse sein. Es wird Frühling ..."* Arthurs Stimme überschlägt sich: *„Bist du wahnsinnig? Diese Wilden kennen keine Flugzeugstaffel. Aber dieser Pfeil hier ..."* Er zeigt auf den Radarschirm. *„Das sind die Russen. Sie kommen. Wir müssen den Alarm auslösen! Nur dazu sind wir hier. Wir müssen!"*

— Trotzdem zögere ich. Wenn der Norden mich eine Sache gelehrt hat, dann die, auf die Iñupiat zu hören. Um hier im Eis leben zu können, mussten wir Tag für Tag von ihnen lernen. Hätten Kampfflieger sie nicht stutzig gemacht? Bestimmt hätten sie zuerst die Schamanin befragt. Ihre Botschaft war aber ganz klar: Es ist ein Pfeil – wie jeden Frühling. Ich muss entscheiden, und ich bleibe dabei: *„Kein Alarm."*

Branta canadensis

Nordamerika

Kanadagans

P 04

+++ Der Koreakrieg ist in vollem Gange. Am 4. Januar 1951 fällt Seoul zum zweiten Mal an die kommunistischen Truppen. Die USA errichten im Norden zwischen Alaska und Grönland eine Kette von Radarstationen, die sogenannte Distant Early Warning Line (DEW-Line), um Luftangriffe der Sowjetunion auf US-amerikanische Ziele frühzeitig zu erkennen. Im Frühjahr 1951 erscheint auf dem Radar über Alaska eine geordnete Reihe von Flugobjekten, die als russische Kampfflugzeuge gedeutet werden. Dass es sich bei den unbekannten Flugobjekten um einen Schwarm Wildgänse handelt, kann erst später entschlüsselt werden. Das pfeilförmige Flugmanöver der Tiere führt nur deshalb nicht zum atomaren Erstschlag der Amerikaner gegen die Sowjetunion, weil der stationierte Offizier die Anweisungen für einen derartigen Ernstfall nicht befolgt. +++

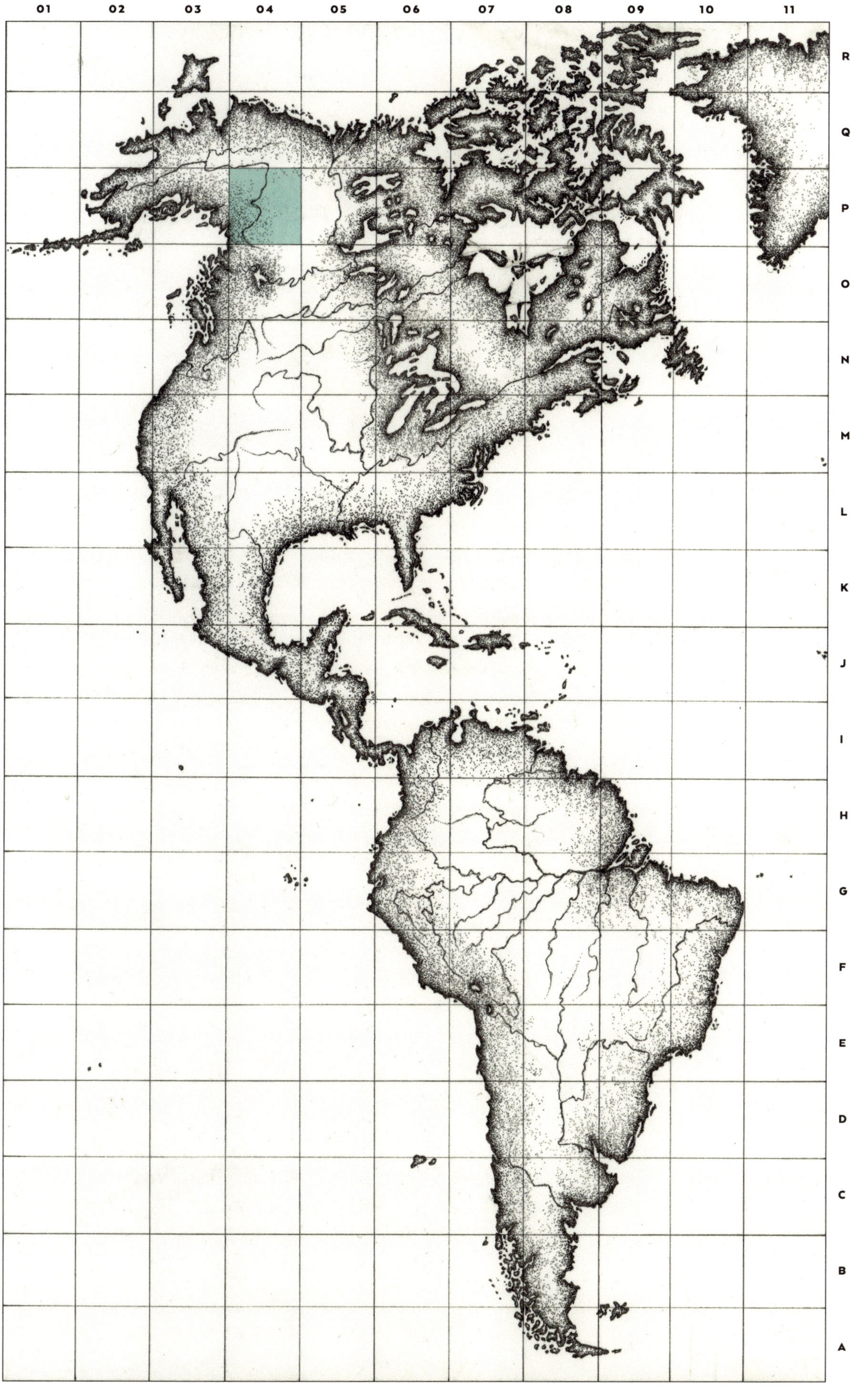
01
02
03
04
05
06
07
08
09
10
11
R
Q
P
O
N
M
L
K
J
I
H
G
F
E
D
C
B
A

Ende des 16. *Jahrhunderts*

BRUDER GREGORIUS

Schwäbische Alb, Deutschland

—— DER FRÜHNEBEL LIEGT SCHWER UND WEISS ÜBER DEM TAL. Mich fröstelt trotz der warmen Kutte. Es wird nicht mehr lange dauern, dann werden vor mir die vertrauten Hänge des Donautals auftauchen. Ich muss mich konzentrieren, um den Pfützen auszuweichen. Ein Reh schreckt aus dem Gebüsch hervor und stiebt davon. Den Korb trage ich am ausgestreckten Arm vor mir her, damit nichts passieren kann. Denn das, was sich darin befindet, da bin ich mir sicher, so wahr mir Gott helfe, wird unser Leben im Kloster, ach was: im ganzen Land verändern!

—— Ich pflücke ein bisschen Klee, Vogelmiere und Sauerampfer. Ich weiß nicht genau, welche Blätter die richtigen sind, deshalb sammle ich von allem etwas. Schon eine gute Woche lang bin ich unterwegs und trage den Schatz in Richtung Heimat. Es ist ein Geschenk von unseren Brüdern aus Burgund. Als ich nämlich bei ihnen unterkam, wurde mir mitten in der Fastenzeit ein Mahl serviert, das vorzüglich schmeckte und mich mit einer enormen Energie erfüllte. Ach, wenn ich nur daran zurückdenke, laufen meine Füße wie von selbst. Ich wusste nicht, was man mir vorgesetzt hatte, es schmeckte fast wie Fleisch. Jedoch getraute ich mich nicht, zu fragen, wohl auch aus Angst, in der Fastenzeit gesündigt zu haben. Die französischen Brüder bemerkten meine Verlegenheit. Das Wort, das sie mir zuriefen, hatte ich jedoch noch nie gehört.

—— Also zogen sie mich in die Küche und zeigten in den großen Topf. Als sie mein Gesicht sahen, brachen sie in schallendes Gelächter aus. Sie konnten sich gar nicht mehr beruhigen und hielten sich die Bäuche. Der Koch, der ein bisschen Deutsch konnte, sagte augenzwinkernd: *„Weder Fisch noch Fleisch – so steht es per definitionem in der Bibel.“*

—— Die Sonne hat die Nebeldecke inzwischen zerrupft, die weißen Streifen heben sich langsam in den Himmel empor. Zwei Tage werde ich noch brauchen bis zum Kloster. Das Rezept habe ich mir fest eingeprägt, und in einer Tasche der Kutte steckt die Skizze. Ich werde sie nach meiner Ankunft dem Abt überreichen. Ich sehe schon genau vor mir, in welcher Ecke des Klostergartens man beginnen kann. Und dann, wenn ich die Delikatesse zusammen mit Bruder Franziskus zum ersten Mal unseren Mitbrüdern aus dem Topf serviere – dann werde ich es sein, der schallend über die Gesichter der anderen lachen wird!

Helix pomatia

Europa

Weinbergschnecke

N 15

+++ Als schwäbische Mönche im Mittelalter damit beginnen, Schneckengärten in den Klöstern anzulegen, um sich auch in der Fastenzeit mit genügend Eiweiß zu versorgen, ahnt noch niemand, welche Folgen dies haben wird. Schon bald kennt der Erfolg der Schneckenzüchter jener Region keine Grenzen mehr: Bis zu 500 Tonnen werden jährlich auf Lastkähnen bis nach Wien geschifft. Aus einem Ratsprotokoll vom 30. März 1624 geht hervor, dass die Weinbergschnecken in Fässern zu je 10 000 Stück verfrachtet und an die Klöster entlang der Donau verkauft werden. Auch heute noch steigt die Nachfrage in der Fastenzeit erheblich. +++

12
13
14
15
16
17
18
19
20
21
22
R
Q
P
O
N
M
L
K
J
I
H
G
F
E
D
C
B
A

1927

RICKY J.

Drogendealer, Hamptons, Long Island, USA

___ DIE PARTY, IHRE PARTY, IST IN VOLLEM GANGE. Auf der Terrasse, im Garten, im ganzen Haus, überall herausgeputzte, berauschte Menschen. Doch sie scheint von all dem nichts mitzubekommen. Ihr wunderbares hautfarbenes Ballkleid ist zerknittert, die Frisur zerzaust, das kleine silberne Diadem zur Seite gerutscht, und das Gesicht – vollkommen verschmiert. Wie abwesend durchquert sie die herrschaftlichen Zimmer im Erdgeschoss des Elternhauses. Die tanzenden Gäste schauen halb belustigt halb verstört zu ihr hin: Ist es ein Spaß oder gibt es gleich eine kleine Theatereinlage? Zwei Freundinnen, die sich links und rechts bei ihr einhaken wollen, stößt sie unsanft zur Seite. Da trifft ihr Blick auf mich. Ihr Gang wird zielstrebiger, die Augen funkeln mich an. Sie bleibt dicht vor mir stehen: *„Es hat funktioniert!"*

___ Atemlos erzählt sie mir, was passiert ist, nachdem sie vor gut einer Stunde das kleine Fläschchen von mir bekommen hatte: *„Als er von der Tanzfläche verschwand, bin ich ihm gefolgt. Im Garten konnte ich unbemerkt hinter ihm her. Bis zum Strand war es hell genug, ich sah seinen Schatten vor mir und war mir sicher, dass er eine andere treffen wollte! Dann ist er die Böschung rauf – und dort in der Dunkelheit habe ich ihn beinahe verloren. Da habe ich die Flasche geöffnet und mir alles ins Gesicht gerieben – und tatsächlich: Ich konnte sehen! Er hat wirklich jemanden getroffen. Sie sind weitergelaufen, bis zum Leuchtturm. Dort sind sie mir entwischt. Und jetzt"*, ihre Augen glühen, *„jetzt brauche ich mehr! Die Wirkung hat nachgelassen. Ich muss es sehen, muss sehen, wen er trifft!"*

___ Es tut mir ehrlich leid, dass sie so verzweifelt ist. Ich biete ihr etwas zur Beruhigung an. Aber sie lehnt ab: *„Ich will keine Drogen – ich will SE-HEN!"*

___ Ich würde ihr ja gerne helfen, aber ich hatte wirklich nur dieses eine Fläschchen dabei. Die Dinger sind unglaublich schwer zu bekommen. Mit Rauschmitteln kenne ich mich aus, nicht aber mit diesem Hexenkram. Aber gut, ich werde dafür bezahlt, dass ich die Mittel besorge, die verlangt werden. Ich werde also andere Quellen auftun. Schließlich habe ich einen Ruf zu verlieren!

Corynorhinus townsendii

Westliches Nordamerika

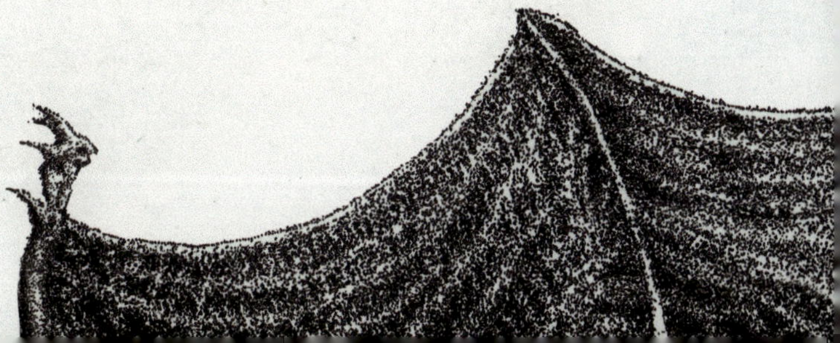

Townsend-Langohr

M 07

+++ Bevor ihre Ultraschallorientierung erforscht wurde, glaubte man vielerorts, dass man die gute Nachtsichtfähigkeit von Fledermäusen auch auf Menschen übertragen könne. Bereits im 13. Jahrhundert hält der Bischof, Alchimist und Universalgelehrte Albertus Magnus fest: „Wenn Sie etwas in tiefer Nacht sehen möchten, dann salben Sie Ihr Gesicht mit dem Blut einer Fledermaus ein.“ Dieser Glaube hält sich lange. Selbst dann noch, als kurz vor dem Zweiten Weltkrieg das Echo-Ortungssystem der Fledermäuse analysiert wird. Erst in den 1960er-Jahren verabschiedet die Stadt New York schließlich ein Gesetz, welches den Verkauf von Fledermausblut verbietet und unter Strafe stellt. +++

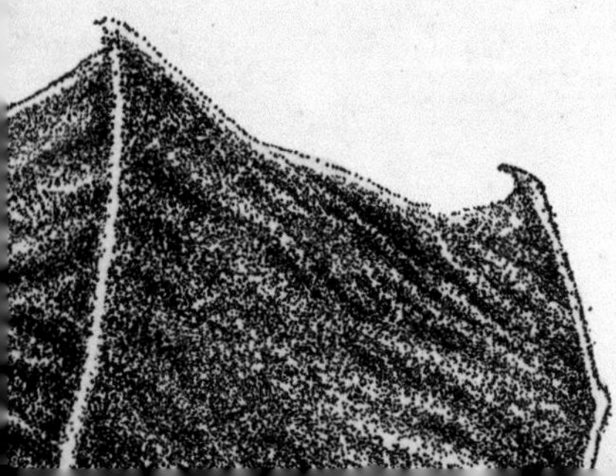

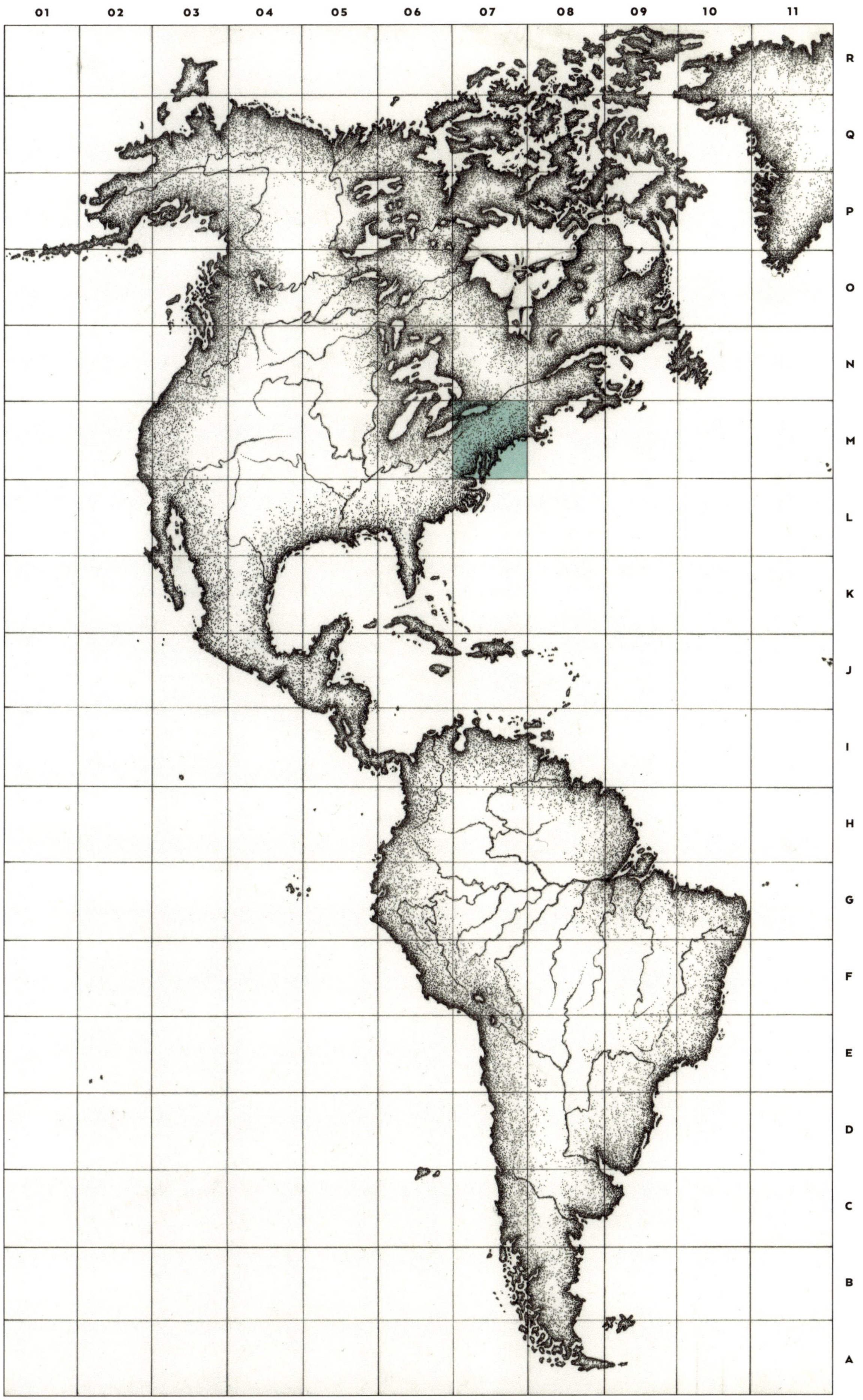
01
02
03
04
05
06
07
08
09
10
11
R
Q
P
O
N
M
L
K
J
I
H
G
F
E
D
C
B
A

2010

MUSTAFA YASSIN

Rafah, Gazastreifen, Palästina

___ KRRRR...SCHHHHH...KRK. Das Funkgerät gibt sich alle Mühe, hat aber hier im Tunnel keine Chance. *„Wenn der Chef keine besseren Geräte anschafft, wird er sich damit abfinden müssen, dass er nichts von uns hört.“* Samir grinst vor sich hin. Ich kann ihn zwar nicht sehen, denn er läuft hinter mir, aber Samir grinst eigentlich immer. Jetzt kommt der enge Abschnitt. Wir müssen die Köpfe einziehen, die abgesäbelten roten Plastikkanister, die uns als Schlitten für die Lieferungen dienen, sind schon ziemlich verbeult. Wir sollten sie erneuern.

___ *„Du kennst doch die Geschichte von dem Löwen?“*, fragt Samir, natürlich auch jetzt mit einem breiten Grinsen im Gesicht. Seine Zigarette glüht auf. Ich antworte nicht. Jeder kennt die Geschichte. Ein Löwe, der in den Zoo nach Gaza-Stadt gebracht werden sollte, war schlecht betäubt worden. Mitten im Tunnel wachte er auf und verschlang die beiden Männer, die ihn unter der Grenze hindurchschmuggeln sollten. *„Da oben die Bomben und hier unten die Löwen“*, denke ich. Aber wegen der Löwengeschichte gab es viele Berichte über die „gefährlichen“ Tunnel zwischen Ägypten und dem Gazastreifen. Das gefiel niemandem. Deshalb sind die Tiertransporte jetzt absolut sicher. Samir weiß es angeblich ganz genau. *„Die wachen erst nach drei Tagen wieder auf!“*

___ *„Der Aufzug ist schon unten“*, ruft Samir erleichtert, als wir am Ende des Tunnels ankommen. Wir können die Kiste mit den Tieren vorsichtig auf die Bodenplatte heben und das Zeichen nach oben geben. Schon fährt der Aufzugskorb mit den Plastikkanistern nach oben. Als er wieder herunterkommt, steigen wir selbst ein und fahren los. Auf einmal hören wir aufgeregte Stimmen, lautes Rufen. Der Aufzug bleibt mit einem Ruck stehen. Das Funkgerät funktioniert wieder. Jetzt verstehen wir auch, was sie oben am Tunnelausgang rufen: *„Wo ist das vierte Biest? Es waren vier!“*

___ Warum die Aufregung wegen so eines Winzlings?

___ *„Die Kollegen am Tunneleingang haben eines entwischen lassen. Die Tierchen sind ja nicht länger als mein Fuß.“ „Nichts da. Wir wollen nicht schon wieder in die Presse wegen einem wilden Tier. Wir brauchen es unbedingt! Findet es! Es ist klein und grün und völlig harmlos – ha, ha, zumindest solange es betäubt ist!“*

Alligator mississippiensis

Mississippi-Delta

Mississippi-Alligator

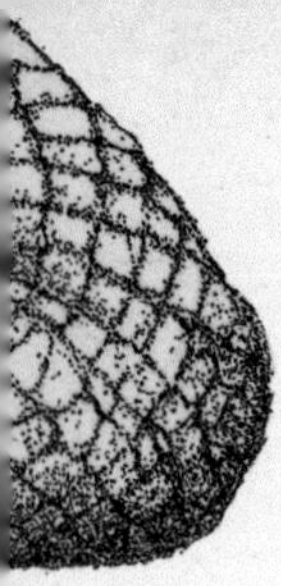

L 18

+++ Im Jahr 2012 gelingt es der Polizei, im Gaza-Streifen ein 1,70 Meter großes Krokodil einzufangen. Es stellt sich heraus, dass das Krokodil als kleines Jungtier entwischt war, als man es durch einen Tunnel von Ägypten aus in den Zoo im Gazastreifen schmuggeln wollte. Nach seiner Flucht lebte das Tier zwei Jahre lang in den Kanälen und Tümpeln von Beit Lahia und wuchs zu einem stattlichen Krokodil heran. Man habe das Krokodil unbedingt einfangen müssen, bevor es eine Gefahr für Menschen werden konnte, erklärte ein zuständiger Polizeioffizier in der Presseerklärung. +++

12
13
14
15
16
17
18
19
20
21
22
R
Q
P
O
N
M
L
K
J
I
H
G
F
E
D
C
B
A

2063

JENNIFER LAWSON

Verfahrenstechnikerin bei Spidexxion Inc., Albuquerque, NM, USA

—— DAS SCHNURREN UND SURREN DER GROSSEN SPULEN in der Halle ist eine Wohltat. Denn sie singen unablässig von unserem Sieg. Wir haben es geschafft! Seit Jahrzehnten träumt die Wissenschaft von diesem Tag – Anfang 2000 gab es bereits erste Produktionsversuche, wie zum Beispiel von der kanadischen Firma Nexia-Biotechnologies. Aber sie mussten wieder aufgeben. Sie waren noch nicht so weit. Doch jetzt, genauer gesagt, seit wir gestern die Testreihe erfolgreich abschließen konnten, lassen sich die superfeinen Fäden so spinnen, wie wir es immer gehofft hatten: stärker als Stahl – und ohne zu reißen!

—— Unser Projektleiter hat es sich nicht verkneifen können, eine Ansprache zu halten auf der Teamversammlung gestern. Und obwohl er sonst ja nicht auf den Mund gefallen ist, war er so überwältigt, dass er buchstäblich kein Wort herausbrachte. Schließlich las er von seinem Zettel ab, so langsam, als ob er eben erst lesen gelernt hätte: *„Liebe Kollegen: Stein und Eisen waren der Anfang. Dann kamen all die Nachbesserungen und Legierungen und PVC. Aber das alles ist nichts im Verhältnis zu unserer Stahlseide. Ein Bio-Werkstoff, der endlich auch funktioniert. Die Versuche in den Jahren 2000 und danach waren ja schon ein guter Anfang, aber letztlich doch ziemlich uneffektiv. Inzwischen sind wir eben auch zwei Generationen weiter. Nur wenige Menschen haben die Möglichkeit, einen solchen Moment mitzuerleben. Ich danke jedem Einzelnen hier, der diesen Erfolg möglich gemacht hat!“* Nach dieser kleinen Rede waren alle ziemlich ausgelassen. Auch Lisa hat uns den Abend nicht verdorben, obwohl sie natürlich wie immer von den „Neorisiken“ faselte. Gestern hatte sie einen schweren Stand, unsere kleine Kassandra.

—— Ich durchquere die Halle, um mit den Kollegen die Produktionsabläufe für die kommende Woche durchzugehen. Am Automaten hole ich mir einen Kaffee und nehme ihn mit nach draußen zu den Ställen. Es ist heiß und schwül, bestimmt über 35 Grad. Deshalb haben sie die Tiere heute drin gelassen. Auf einmal habe ich ein ungutes Gefühl. Irgendetwas stimmt nicht. Ich komme zuerst nicht drauf, weil ich noch dem angenehmen Surren der Spulen in meinen Ohren nachlausche, aber dann höre ich das Poltern aus den Ställen. Ich stürze hin und mir ist sofort klar: Das ist nicht die Hitze. Eine der Ziegen dreht durch. Weißer Schaum kommt aus ihrem Maul. Sie rennt mit dem Kopf gegen die Bande und schlägt zuckend und mit aller Kraft mit den Hinterbeinen aus, immer wieder.

—— Raoul steht vor dem Verschlag. Er dreht sich langsam zu mir um. *„Wir wissen noch nicht, was es ist.“* Er lässt seine Hand mit dem Telefon sinken. *„Ich habe Notfall C mit Sperrzone eingeleitet.“* Ich versuche sachlich zu bleiben: *„Und was ist mit uns?“* Erst dann wird mir klar, dass ich keine Schutzkleidung trage.

Argiope bruennichi

Südliches und zentrales Mitteleuropa

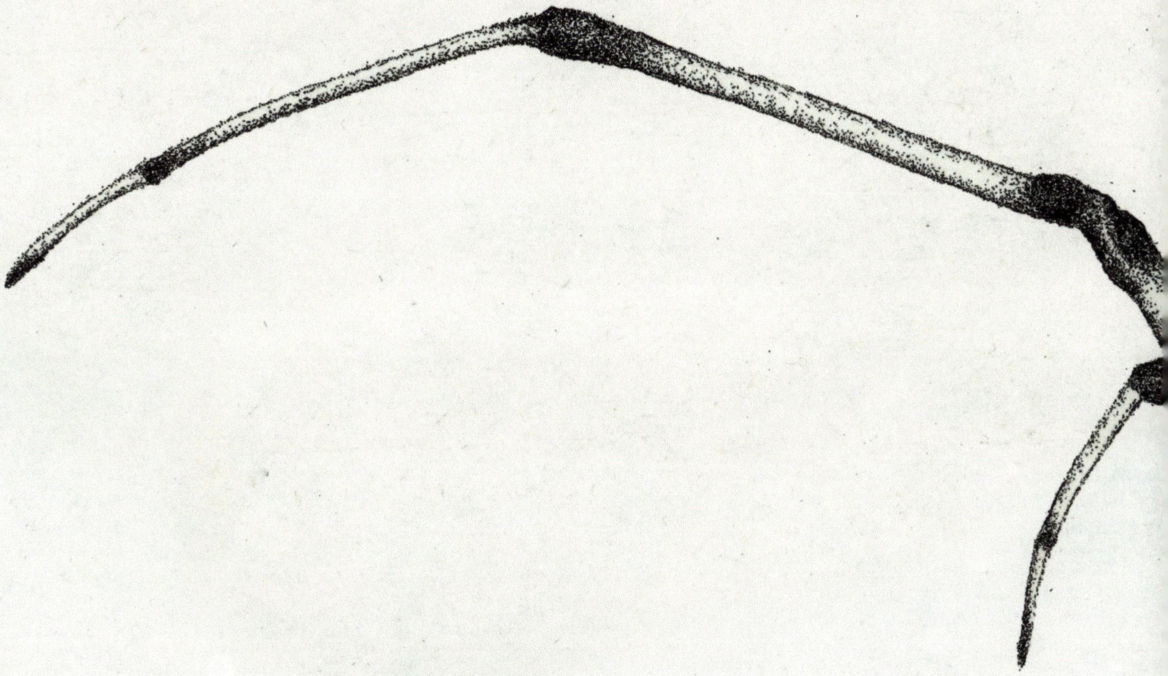

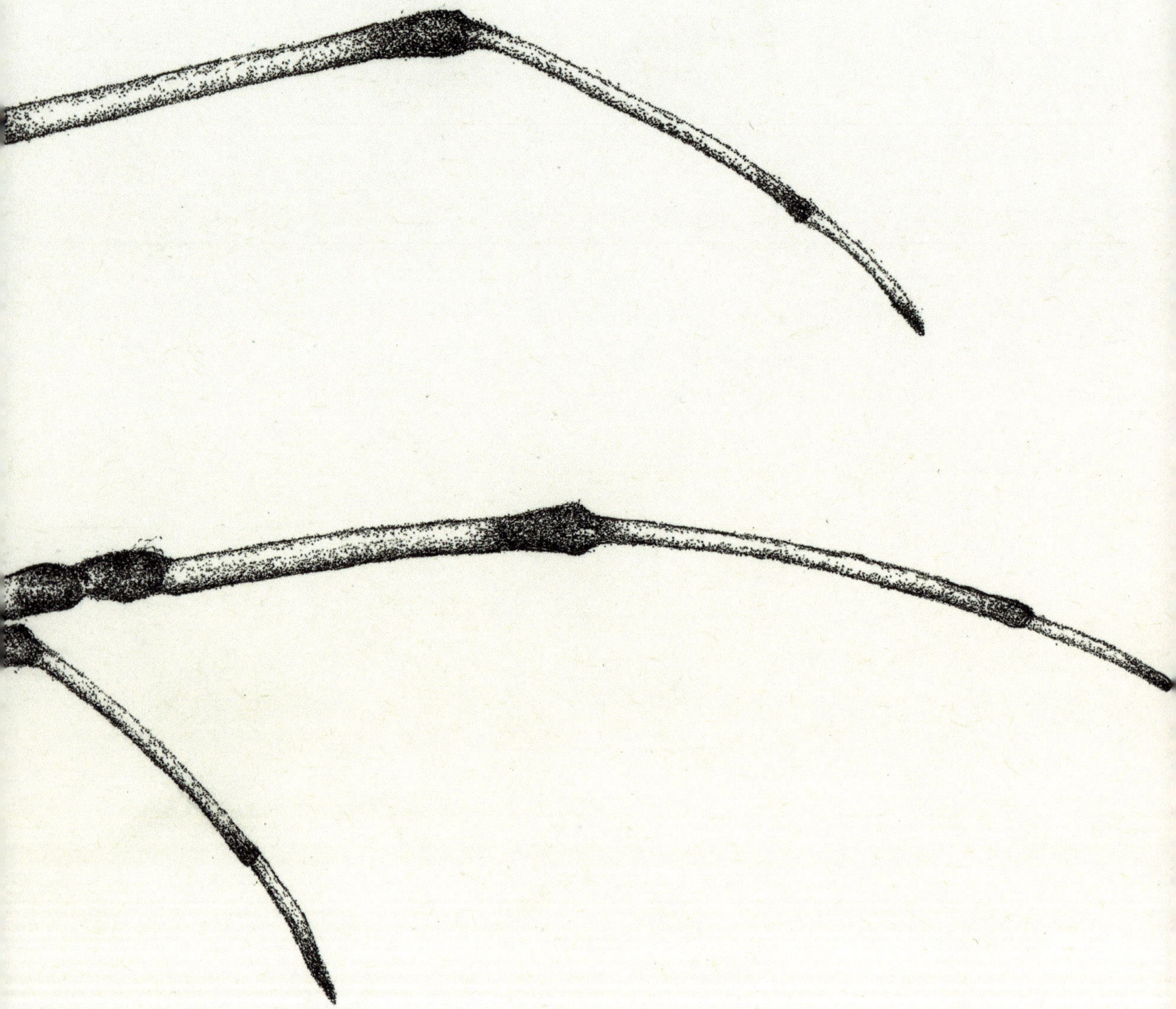

Wespenspinne

L 04

+++ Spinnenseide gilt als das stärkste Material überhaupt. Um die Jahrtausendwende gelingt es einem Forschungsteam in Kanada, diese reißfeste Faser künstlich herzustellen: Es pflanzt nigerianischen Ziegen ein Spinnen-Gen ein, und die ,,Spinnenziegen" produzieren tatsächlich ein Spinnenseidenprotein in ihrer Milch. Das Protein lässt sich auffangen und verspinnen. Im Jahr 2002 beginnt die Nexia-Biotechnologies Inc. mit der Produktion des ,,Biostahls". Vor allem im medizinischen und militärischen Bereich soll die neue Faser eingesetzt werden, zum Beispiel zur Herstellung kugelsicherer Westen. 2009 geht ,,Nexia" insolvent. Einer der Hauptgründe: Die künstliche Spinnenseide ist nicht reißfest genug.

Die nächsten Generationen der spider-goats leben heute auf der Farm der University of Utah. Die Frage, ob und zu welchem Zweck der Mensch Organismen genetisch verändern dürfen soll, ist noch nicht geklärt. Genauso wenig wie die Frage, was jetzt mit den ,,Spinnenziegen" geschieht. +++

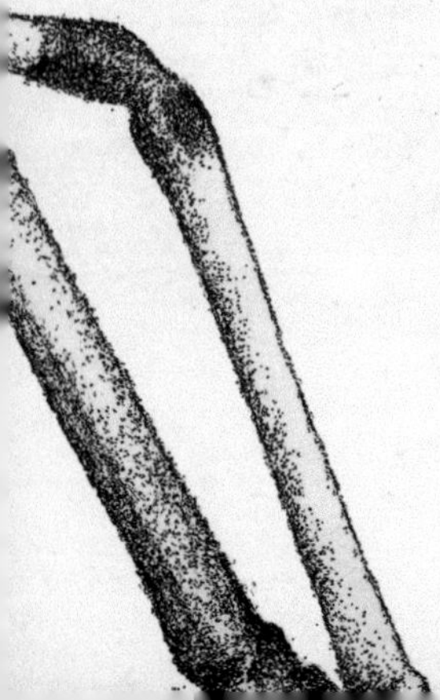

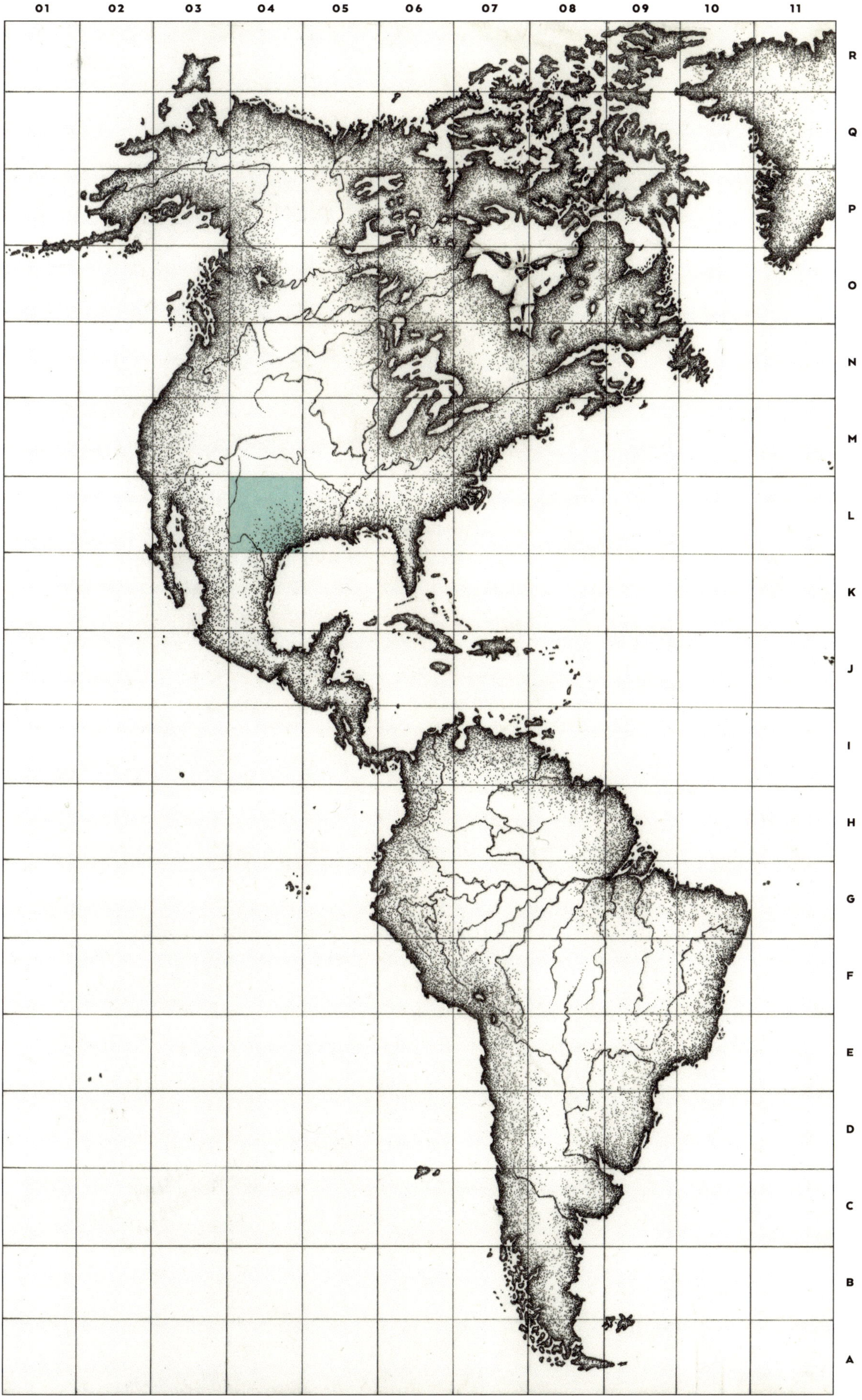
01
02
03
04
05
06
07
08
09
10
11
R
Q
P
O
N
M
L
K
J
I
H
G
F
E
D
C
B
A

2006

NALA DOMINICK

Fischersfrau am Viktoriasee, Bukoba, Tansania

—— „ER VERSPÄTET SICH", stellt Mary fest. Die Sonne steht schon über den Dächern am Ufer und bringt sie zum Glänzen. Der See ist ruhig heute Morgen. Das ist ein gutes Zeichen. Die Verspätung ist vielleicht auch ein gutes Zeichen. Mary und ich stehen schon seit Jahren jeden Morgen hier, wo die Straße mit einem geraden Schnitt einfach aufhört. Danach fangen die Büsche an, erst vereinzelt und dann immer dichter. Als wir die ersten Male herkamen, war hier das Ende der Welt. Inzwischen haben sich die Neuen niedergelassen. Sie kommen aus dem Landesinneren hierher zum See. Ihre Feuer machen die Morgenluft rauchig, die Kinder spielen im Dreck. Die Väter sind schon auf dem Wasser, illegale Fischer.

—— Ich bin froh, dass meine Kinder hier nicht spielen müssen. Mary und ich leben weiter unten am Dorfrand. Wir sind Partnerinnen, haben uns zusammen ein Geschäft aufgebaut. Unsere Männer sind Fischer, aber da das nicht reicht, um zu überleben, warten wir jeden Morgen hier auf die Lieferung aus der nahegelegenen Fabrik. Dann kochen wir und fahren unsere Ware zum Markt.

—— Mary lacht und zeigt auf die Kinder, die eine Fischgräte an einer Schnur hinter sich herziehen. Das Gerippe ist größer als sie selbst. *„Die wissen gar nicht, wie die Fische aussehen"*, sage ich nachdenklich. Mary bemerkt zynisch: *„Sie können sich doch das Bild auf dem Fabriktor angucken."* Ich muss daran denken, wie die Männer früher die Fische heimbrachten und wir abends die großen Stücke auf dem Feuer brieten. Ich war noch ein kleines Mädchen. Der Geruch war ein Versprechen. Es hieß, die Europäer würden sie in Massen kaufen und viel Geld dafür bezahlen.

—— Jetzt nähert sich der blaue Laster. Der große Vogelschwarm kündigt ihn schon an, bevor man ihn sieht. Die Vögel begleiten ihn, um sich auf die Ladung zu stürzen, sobald er hält. Der Wagen bremst. Er kippt die Laderampe auf unsere Seite, und ein riesiger Berg Fischinnereien rutscht auf den Sand. Es ist mehr als sonst. Es wird ein guter Tag. Wir werden aus den Fettresten viele Flaschen Öl herstellen und dann auf dem Markt verkaufen. Und das Geld wird reichen, um für die Woche Reis zu besorgen.

Lates niloticus

Afrika

Nilbarsch

G 18

+++ In den 1960er-Jahren setzen die Engländer den Nilbarsch im Viktoriasee aus. Der Raubfisch wird bis zu 200 Kilo schwer. Schon 20 Jahre später hat sich der Nilbarsch im Viktoriasee durchgesetzt. Er wird in großen Mengen gefangen, in mehr als einem Dutzend Fabriken an den Ufern verarbeitet und nach Europa und in die USA ausgeführt. Dort gilt er als Delikatesse. Die Erfolgsstory hat allerdings auch Schattenseiten: Der große Raubfisch verdrängt die beheimateten Buntbarscharten, und die ansässigen Kleinfischer haben nicht genügend Kapital, um große Fangboote, reißfeste Netze und angemessene Verarbeitungs-, Kühlungs- und Transportgeräte anzuschaffen. Also arbeiten die ehemals selbstständigen Fischer in den Fischfabriken. Die Wertschöpfung bleibt jedoch in der Hand der Produzenten. Es droht Überfischung des Gewässers und soziale Verelendung der umliegenden Regionen. Angesichts dieser Entwicklungen wird neuerdings versucht, einen zertifizierten, nachhaltigen Fischfang durchzusetzen, die Artenvielfalt im Viktoriasee wiederherzustellen und unterschiedliche Betriebstypen an dessen Ufer zu etablieren. +++

12
13
14
15
16
17
18
19
20
21
22
R
Q
P
O
N
M
L
K
J
I
H
G
F
E
D
C
B
A

1953

CAROLINE JONES

Hofdame von QUEEN ELISABETH II., Nuku'alofa, Königreich Tonga

—— ERWARTUNGSVOLL STRÖMEN DIE INSELBEWOHNER VON ALLEN SEITEN ZUM HAFEN. Schon erreicht das kleine Boot das Ufer, und der feierlichste Staatsbesuch in der Geschichte Tongas kann beginnen: Queen Elisabeth II. betritt den Kai. Das Protokoll sieht nun die Begrüßung der beiden amtierenden Königinnen vor. Kein Knicks, sondern ein handshake.

—— Jetzt sollte ich ein Foto machen. Königin Salote Topou III. von Tonga ist eine bemerkenswerte Frau: Sie ist beinahe zwei Meter groß und sehr korpulent. Wenn sie neben unserer Queen steht – ein wunderbarer Kontrast.

—— An diesem Tag zeigt sich die Tonga-Königin von ihrer fröhlichen Seite. Die Fahrt geht jetzt ins Inselinnere. Es ist paradiesisch hier, Palmen, türkisfarbenes Wasser und rundherum alles mit Blumen geschmückt zu Ehren der Königin aus England.

—— *„Majestät Salote Topou III. ist im Allgemeinen nicht besonders gastfreundlich. Wie alle Tongaer ist sie stolz darauf, dass Tonga nie eine europäische Kolonie geworden ist“*, erklärt mir der Zeremonienmeister. *„Es gab auch keine Vermischung mit anderen Völkern. Vielleicht mit einer einzigen Ausnahme“*, verrät er und macht kunstvoll eine lange Pause, um die Wirkung seiner Worte auszukosten: *„James Cook, Cookie, wie wir ihn hier gern nennen, blieb nach der Entdeckung der Insel noch lange Zeit hier. Er hat dabei segensreich gewirkt und wird bis heute von allen Tongaern sehr verehrt.“* Wieder eine bedeutungsvolle Pause. *„Ich selbst bin sein Ururenkel …“* Er lächelt den Journalisten, die eifrig mitschreiben, vielsagend zu. Ich zweifle etwas. Zur Vorbereitung der Reise habe ich die verschiedenen Memos über das Königreich Tonga und natürlich auch Bücher über dessen Entdecker gelesen. Danach war Kapitän James Cook ein äußerst ehrenwerter Kavalier, der den Südseebewohnerinnen niemals zu nahegetreten sein soll. Darin stimmen alle Berichte überein.

—— Jetzt setzen sich die beiden königlichen Familien in Richtung Palast in Bewegung, wo das Essen bereits angerichtet ist. Ein Festmahl! Gegrillte Ferkel, Fische, Hummer, Muscheln, Seeigel und Früchte. Besteck gibt es nicht. Auch Elisabeth II. und ihre Entourage essen mit den Händen. Nach dem royal feast folgt der Höhepunkt des Empfangs: side by side flanieren die beiden Königinnen durch den Garten des Palastes. Dort wird Queen Elisabeth der ältesten und ehrenwertesten Inselbewohnerin vorgestellt. Es ist die 175 Jahre alte Schildkröte mit Namen Tu'i Malila. Ich rechne kurz nach – und wirklich: Sie als Einzige könnte es wissen. Ich meine, in welcher Weise Kapitän Cook auf der Insel segensreich gewirkt hat.

Aldabrachelys gigantea

Seychellen

Seychellen-Riesenschildkröte

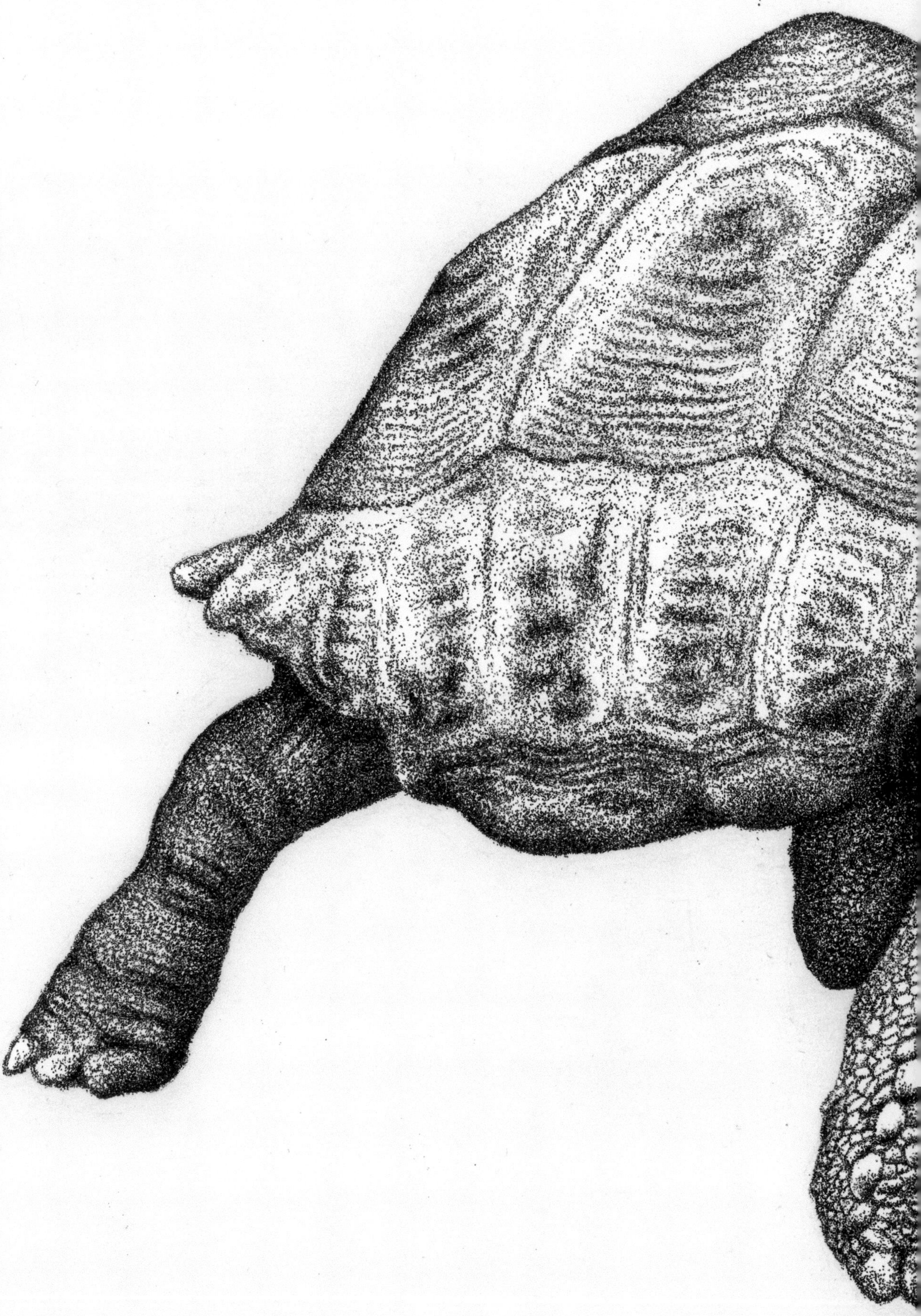

J 32

+++ Um sich für die Gastfreundlichkeit und die üppigen Geschenke der Tongaer zu bedanken, überreicht Kapitän Cook im Jahr 1777 bei seinem Besuch auf der Insel der königlichen Familie eine Schildkröte. Sie bekommt den adeligen Namen Tu'i Malila und lebt von diesem Zeitpunkt an im Palastgarten. Als Queen Elisabeth II. 1953 das pazifische Königreich besucht, wird ihr die Schildkröte als älteste Bewohnerin der Insel vorgestellt. Der Stolz der Inselbewohner auf die freundschaftliche Verbundenheit mit dem Entdecker James Cook lebt in dieser Schildkröte weiter.

Als Tu'i Malila am 19. Mai 1965 stirbt, ist sie mit ihren 188 Jahren die damals älteste aller Schildkröten weltweit geworden. +++

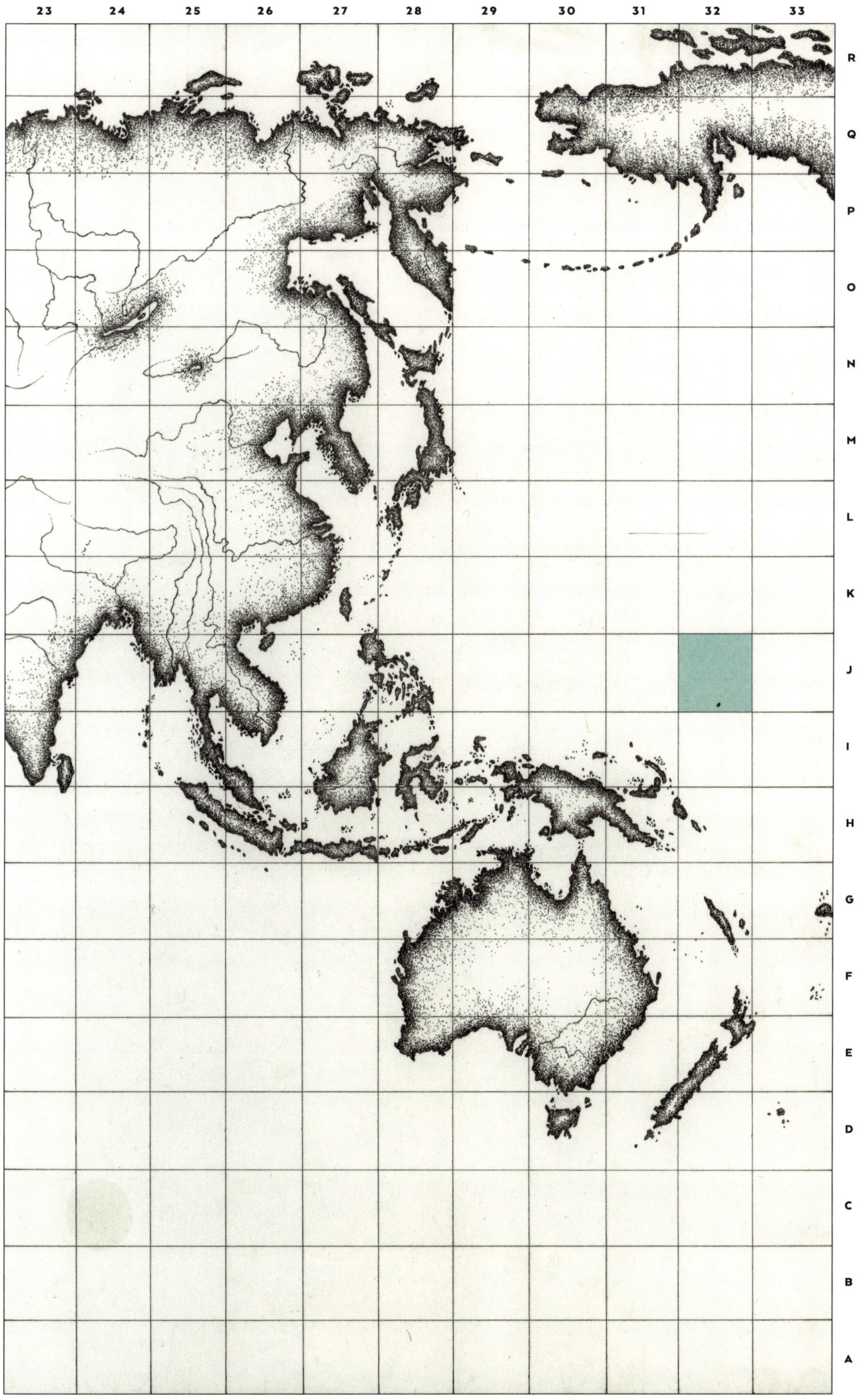
23 24 25 26 27 28 29 30 31 32 33
R Q P O N M L K J I H G F E D C B A

1826

CARL TRIEBEL

Dorfschmied, Waltersdorf, Böhmische Enklave im Königreich Sachsen

— ES IST SONNTAGABEND. Als ich die Schankstube betrete, verstummen alle. Sie wissen, wie es um mich und meine Familie steht. Die Schmiede bringt zu wenig ein, und die Schmerzen im Rücken sind schwer zu ertragen. *„Es ist das Rheuma"*, sagen die einen. Die anderen flüstern etwas von der Strafe Gottes, weil ich sonntags nur noch selten in der Messe bin.

— Langsam, so gut es eben geht, schiebe ich mich an den Tischen vorbei zum Tresen. Der Rücken treibt mir die Tränen in die Augen. Sie sagen, dass ich die Familie vernachlässigen würde und nur noch die Tiere in dem neuen Verschlag im Kopf hätte. Was sie reden, ist mir egal. Aber dass Erna auch so denkt, zerreißt mir das Herz. Sie hat ihren Bruder in Prag verflucht. Sie sagt, dass er schuld sei an der Geschichte mit den Tauben. *„Die Vögel bringen ja nichts. Und sie sind schlecht für die Hühner: Die legen viel weniger Eier als früher."*

— Wie oft habe ich ihr erklärt, dass die Tauben eben doch etwas „bringen", und dass sie sich eben ein wenig gedulden müsse. Mehr durfte ich ja nicht sagen. Wie oft habe ich mit meinem Schwager in Prag geprobt. Fast den ganzen Sommer lang haben wir die Tauben fliegen lassen.

— Und heute also soll es so weit sein. Wie alle hier warte ich im Wirtshaus auf die Sonntagskutsche aus Prag, die um acht eintreffen soll. Und wie alle hier halte ich den kleinen Schein in der Hand, der den Einsatz für die Lotterie bestätigt, meine Zahlen. Da ertönt das Signal. Alle stehen gleichzeitig auf und treten vor die Tür. Sobald die Postkutsche hält und die Fahrgäste ausgestiegen sind, fragen sie nach den Lotteriezahlen aus Prag. Dann vergleichen sie sie mit den Zahlen auf ihren Scheinen. Ich muss nicht vergleichen; denn ich habe meine Zahlen schon auswendig gelernt, als die Tauben nach der Messe aus Prag angekommen sind. Dann bin ich ganz ruhig zur Annahmestelle gegangen und habe ganz zufällig die richtigen Zahlen gesetzt. Warum sollte ich auch nicht setzen, wenn die Annahmestelle erst mit dem Abendläuten schließt? Die Lotterieaufseher wollten es ja, dass möglichst viele möglichst bis zur letzten Minute setzen.

— Ab heute, soviel steht fest, wird das *„Rruh-Rruh"* aus dem Verschlag neben dem Haus unsere Glücksmelodie sein!

Streptopelia decaocto

Südeuropa

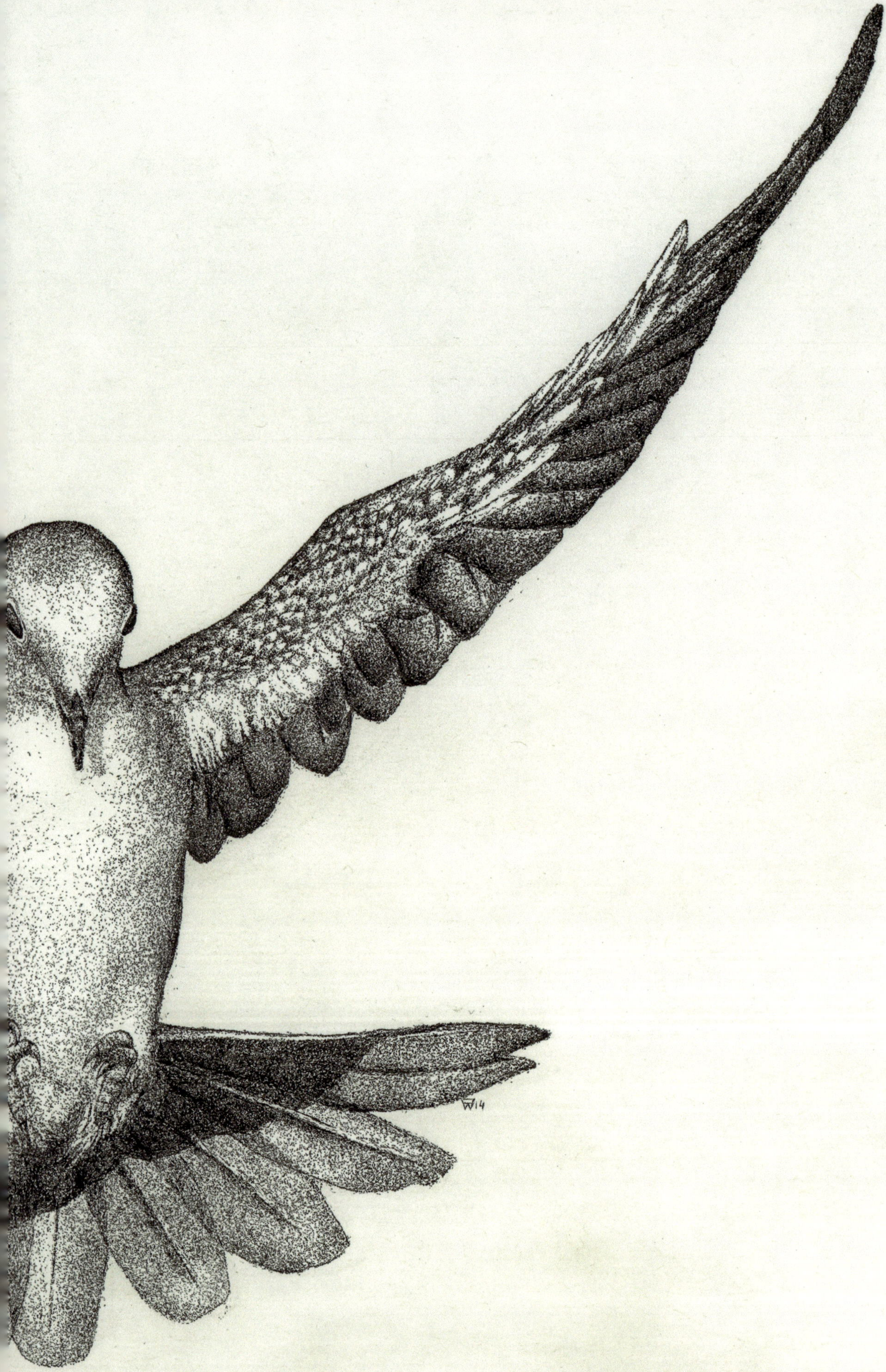

Türkentaube

N 16

+++ Im Königreich Sachsen befinden sich zwischen 1809 und 1845 einige Enklaven, die zum österreichischen Böhmen gehören. Den Bewohnern dieser Dörfer ist es erlaubt, bei der österreichischen Lotterie mitzuspielen, die um einiges günstiger ist als die Lotterie in Sachsen. Gezogen werden die gewinnbringenden Zahlen in Prag. Bis die Postkutsche diese in die abgelegenen Enklaven gebracht hat, vergeht ein ganzer Tag. So lange darf man in den Lotterieannahmestellen noch einen Einsatz wagen.

Es dauert nicht lange, und die Dorfbewohner finden heraus, wie sie schneller an die Gewinnzahlen kommen, noch bevor die Postkutsche bei ihnen eintrifft: Ein reger Brieftaubenverkehr setzt ein – und beschert vielen Menschen in den böhmischen Inseldörfern einen ansehnlichen Reichtum.
Über einer Tür eines Wohnhauses in Waltersdorf wird eine geschnitzte Taube noch lange an diese glückliche Zeit erinnern. +++

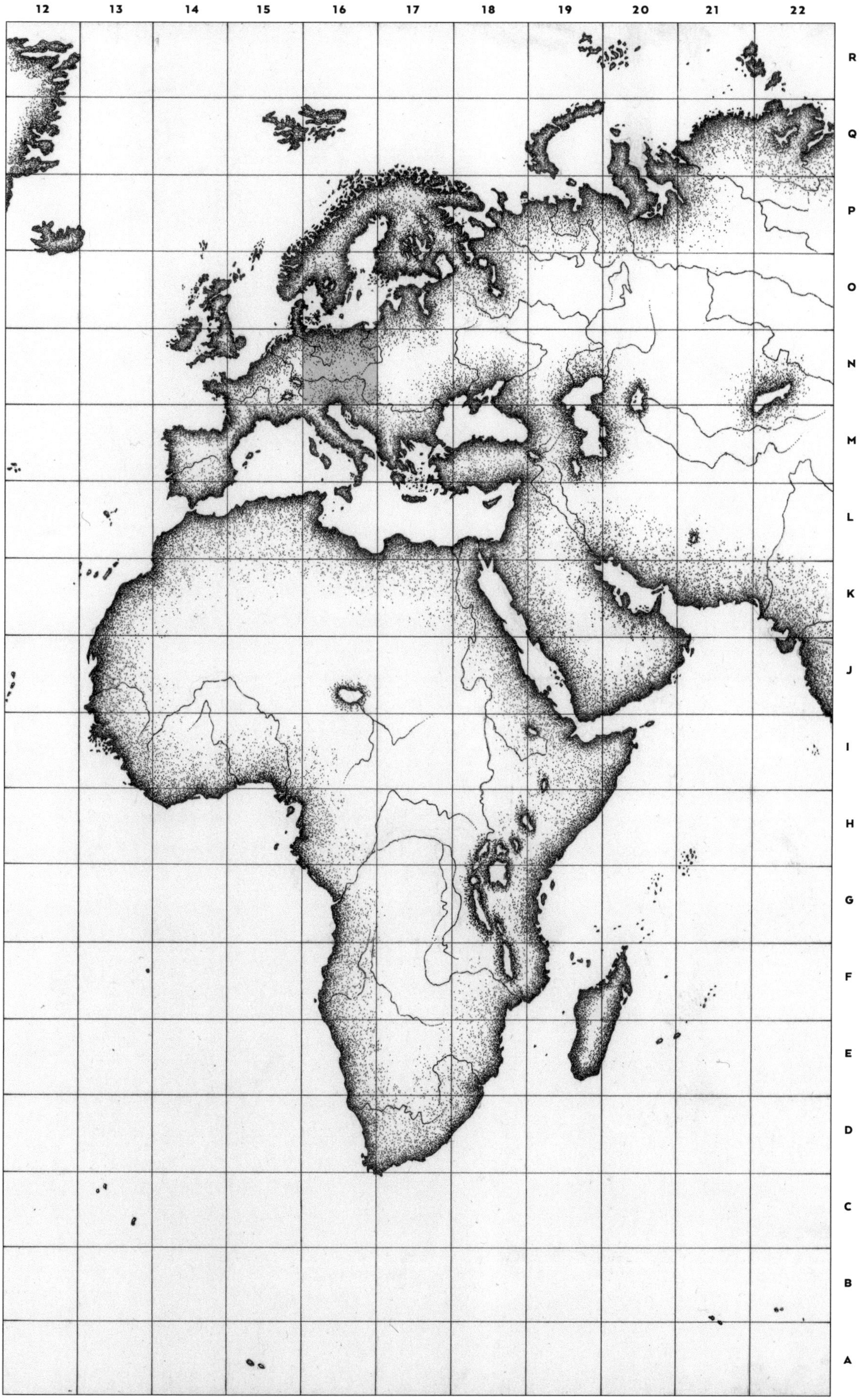
12
13
14
15
16
17
18
19
20
21
22
R
Q
P
O
N
M
L
K
J
I
H
G
F
E
D
C
B
A

1950

HERR UND FRAU TRÖGER

Landwirte, Mitschnitt eines Interviews des Deutschlandsenders, Schönfels bei Zwickau, Deutsche Demokratische Republik

___ DEUTSCHLANDSENDER: *Wir sind hier auf dem Hof der Bauern Tröger in …* ___ FRAU TRÖGER: *Schönfels. Schönfels bei Zwickau.* ___ DEUTSCHLANDSENDER: *Herr Tröger, können Sie etwas zu den Vorkommnissen am 23. Mai sagen?* ___ HERR TRÖGER: *Ja, also wir sind ja an diesem Tag alle zu Günther in die Laube, weil Martina da ihren Geburtstag gefeiert hat.* ___ FRAU TRÖGER: *Ihr Schwager, den sie das letzte Mal vor dem Krieg gesehen hatte, war auch da. Er hat Wodka mitgebracht. Und Gertrud hatte den Most …* ___ HERR TRÖGER: *Günther wollte am Abend noch ein Kaninchen schlachten.* ___ FRAU TRÖGER: *Die Kinder waren bei der FDJ, von wegen der Probe. Sie reisen nämlich über Pfingsten zum Jugendtreffen nach Ost-Berlin und haben für die Parade geübt. Es war sehr heiß für Mai, stimmt doch, oder?* ___ HERR TRÖGER: *Ja, das stimmt. Sehr heiß.* ___ DEUTSCHLANDSENDER: *Herr Tröger, gab es denn an diesem Tag irgendein besonderes Vorkommnis?* ___ HERR TRÖGER: *Ja, also gegen Mittag …* ___ FRAU TRÖGER: *Es war genau 14 Uhr. Ich weiß es noch weil …* ___ HERR TRÖGER: *… also gegen Mittag hörten wir ein leises Brummen, das immer lauter wurde.* ___ FRAU TRÖGER: *Erst haben wir nichts gesehen, es war ja ziemlich wolkig – aber auf einmal war da dieses Flugzeug, das in Richtung Werdau geflogen ist.* ___ HERR TRÖGER: *Sah aus wie ein harmloses Sportflugzeug. Das war schon seltsam. Solche Dinger kommen hier sonst nicht vorbei.* ___ FRAU TRÖGER: *Ja, und kurz darauf noch eins.* ___ DEUTSCHLANDSENDER: *Und was haben Sie noch bemerkt? Kam Ihnen irgendetwas verdächtig vor?* ___ HERR TRÖGER: *Eigentlich nicht. An dem Tag jedenfalls noch nicht. Aber dann, am nächsten Morgen, als ich auf dem Feld war, waren sie auf einmal da. Überall, wo man hinguckte: alles schwarz-gelb gestreift!* ___ FRAU TRÖGER: *Das war ein Schlag! Die ganze Ernte!* ___ DEUTSCHLANDSENDER: *Und haben Sie sich da nicht gefragt, wo die denn so plötzlich hergekommen sind?* ___ FRAU TRÖGER: *Nee, wir ham uns erst mal rangemacht und gesammelt. Im Krieg war's ja auch nicht anders mit den Käfern. Bei 500 Stück ham wir aufgehört zu zählen.* ___ DEUTSCHLANDSENDER: *Ja, das ist schon eine Menge. Und sind Sie da nicht stutzig geworden?* ___ HERR TRÖGER: *Na jaa. Das ist ja jetzt auch nichts Neues. Mir hat zum Beispiel neulich erst Günthers Bruder die Geschichte erzählt: Schon Adolf Hitler wollte Kartoffelkäfer einsetzen im Krieg gegen England. Und hat testen lassen, ob sie den Sturz aus nem Flugzeug überleben.* ___ FRAU TRÖGER: *Na, die hier hams jedenfalls überlebt.* ___ DEUTSCHLANDSENDER: *Das ist ja interessant! Wir bedanken uns bei Herrn und Frau Tröger und geben zurück ins Funkhaus.*

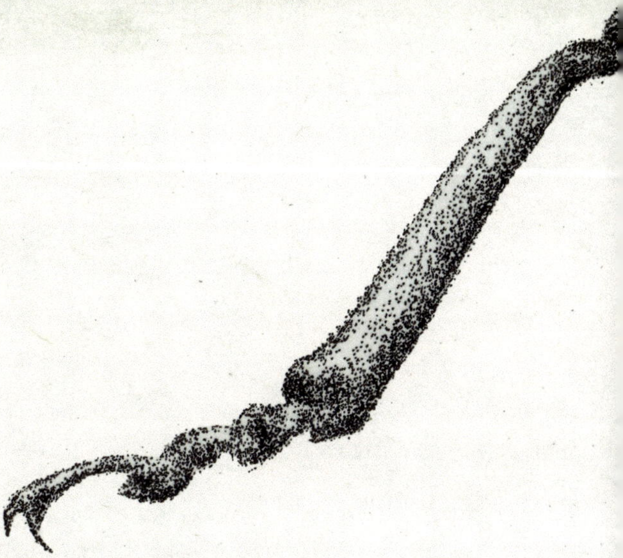

Leptinotarsa decemlineata

Nordamerika

Kartoffelkäfer

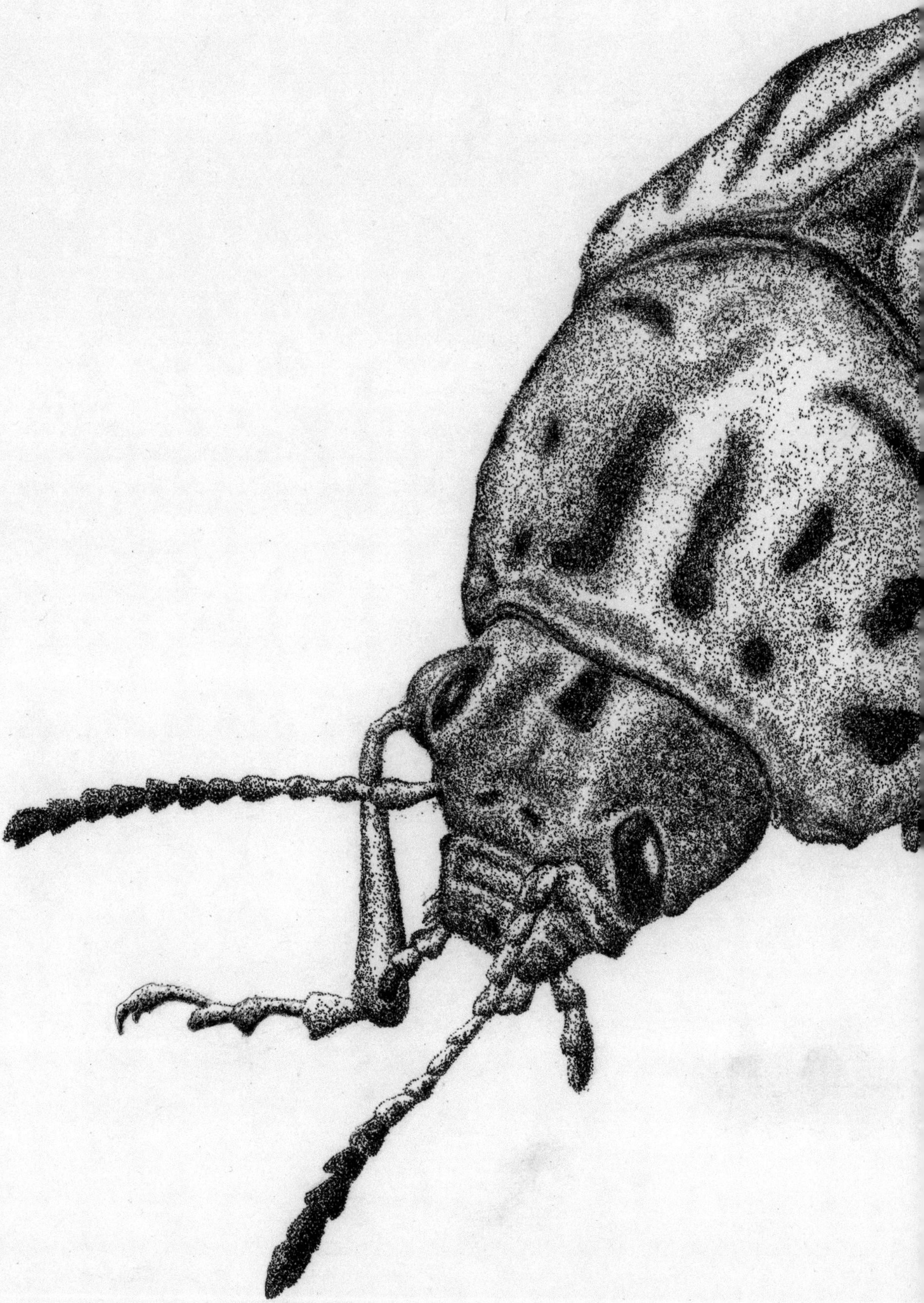

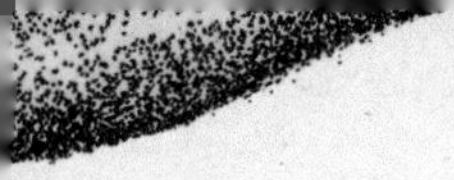

N 16

+++ „Heute Käfer – morgen Atombomben." Als im Mai 1950 die Zahl der Kartoffelkäfer in Teilen des Landes sprunghaft ansteigt, beschuldigt die DDR-Regierung die USA, einen eigens gezüchteten Schädling aus Flugzeugen über Ostdeutschland abgeworfen zu haben. Das sei in der Absicht geschehen, hieß es, durch Destabilisierung der Lebensmittelversorgung den friedlichen Aufbau im demokratischen Deutschland zu stören. Diese Propaganda soll die Bevölkerung dazu anspornen, mit besonderem Einsatz bei der Bekämpfung des Käfers mitzuhelfen. Auf eigens ausgerufenen „Sondersuchtagen" helfen „alle Kreise" des Volkes, also Schüler, Studenten, Hausfrauen und Rentner den Bauern und Landwirten, die Käfer und Larven auf den Kartoffelfeldern einzusammeln. Das prägt sich ein. Noch heute wird der gelb-schwarz gestreifte Kartoffelkäfer in bestimmten Gegenden ganz selbstverständlich der „Amikäfer" genannt. +++

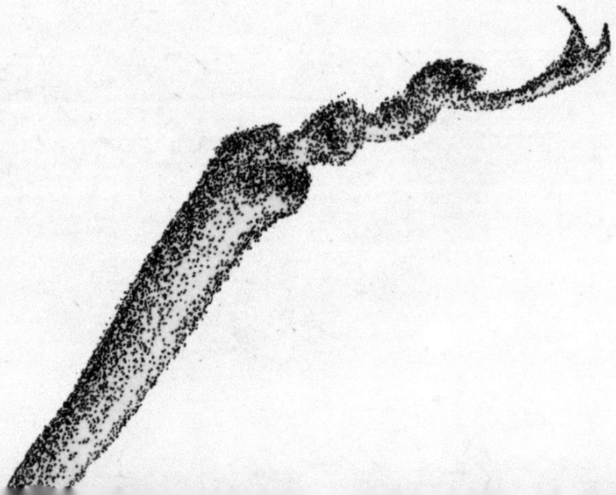

12
13
14
15
16
17
18
19
20
21
22
R
Q
P
O
N
M
L
K
J
I
H
G
F
E
D
C
B
A

2013

PETE BETHUNE

Gründer von THE OPERATIVES, vor der Insel Palawan, Philippinen

—— DIE INSEL INMITTEN DES TÜRKISFARBENEN WASSERS zwischen den steil aufragenden Klippen verschwimmt immer mehr zu einem undeutlichen Fleck am Horizont. Hier draußen ist der Ozean tiefblau. Wir sind zu fünft. Der Auftrag steht. Heute Morgen im Camp sind wir noch einmal den Ablauf durchgegangen. Das Wasser ist ruhig. Mit den Augen suche ich das Meer ab. Ich trage die Verantwortung für das Team. Ich habe vier von den Jungs ausgewählt, die der Sache gewachsen sein müssten. Phil, ehemaliger US-Marine, Jacques, französischer Fallschirmjäger, und zwei Cousins aus Belgien, Bodyguards und super in Form. Alles gute Männer. Sie sind fit und – was noch wichtiger ist: Sie sind bereit, für die Sache zu kämpfen. Sie tragen Tarnanzüge, Kampfwesten und schwarze Gefechtshelme. Unser Schlauchboot hält Kurs auf Norden.

—— Da erscheint ein Fischerboot in der Ferne. Ich mache die Männer darauf aufmerksam, und sie kauern sich auf den Boden. Wir erreichen es schneller als gedacht, die Crew scheint nicht an Deck zu sein. Ich gebe das Zeichen – und jetzt geht alles ganz schnell: Alle vier wuchten sich über die Reling, einer sichert das Heck, zwei stellen sich aufs Vorderdeck. *„Hände hoch!"*, schreie ich und springe auf den Kutter, der Steuermann lässt das Steuerrad los – wir stehen einander gegenüber, blicken uns in die Augen. Dann geben wir uns die Hand. John grinst. John ist von der Küstenwache.

—— Das Entern klappt inzwischen schon ganz gut. Die Jungs sind diszipliniert, aber ihre Konzentration lässt nach. Es ist heute schon das sechste Mal, dass wir den Fischkutter übernehmen. Die Sturmgewehr-Attrappen sind bei diesem Angriff im Schlauchboot geblieben. *„Also gut – 30 Minuten Pause"*, rufe ich ihnen zu. *„Und dann üben wir das Fesseln der Crew!"* John hat das Steuerrad wieder in die Hand genommen. Jacques und Phil ziehen sich Helm und Weste aus und legen sich aufs Deck.

—— Ich überschlage im Kopf: Noch ein Übungstag, dann sind wir so weit. Dann nehmen wir uns das Mutterschiff der Wilderer vor. Die Küstenwache steht bereit und wartet nur auf unser Zeichen. Schließlich zählt jeder Tag. Wir haben genau beobachtet und dokumentiert, wie sie die Boote beladen. Wir haben sie auf dem Radar. Diesmal entkommen sie nicht!

—— Nichts gegen Petitionen und Protestschreiben. Aber hier geht es um Leben und Tod.

Manis javanica

Südostasien

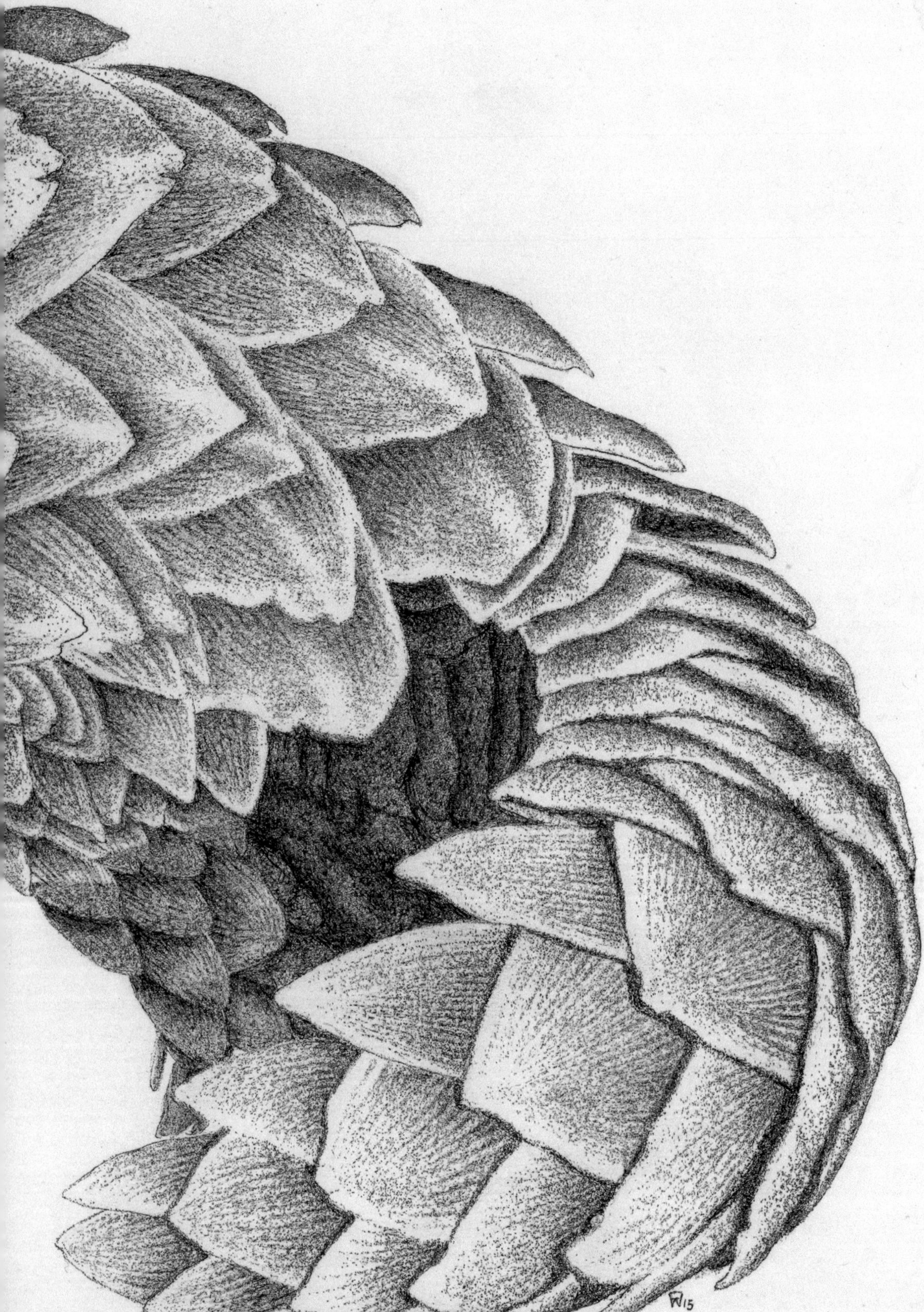

Malaiisches Schuppentier

J 27

+++ Als der Neuseeländer Pete Bethune im Jahr 2008 seinen gut bezahlten Job als Ingenieur auf einer Bohrinsel aufgibt, ahnt er noch nicht, dass er nur einige Jahre später Leiter einer Kommandoeinheit für Umweltschutz sein wird, die es sich zur Aufgabe macht, das seit 2014 am häufigsten illegal gehandelte Säugetier der Welt zu schützen: das Schuppentier oder auch Tannenzapfentier. Dieses Tier, das noch vor einigen Jahren kaum jemand kannte, ist in China gefragt wie nie. Sein Fleisch gilt als Delikatesse, und die Schuppen werden zu Pulver verarbeitet, das wahre Wunder für die Potenz vollbringen soll. Auf Palawan machen Pete Bethune und sein Team gemeinsam mit den örtlichen Behörden Jagd auf Wilderer und Schmuggler, um ihnen Einhalt zu gebieten. +++

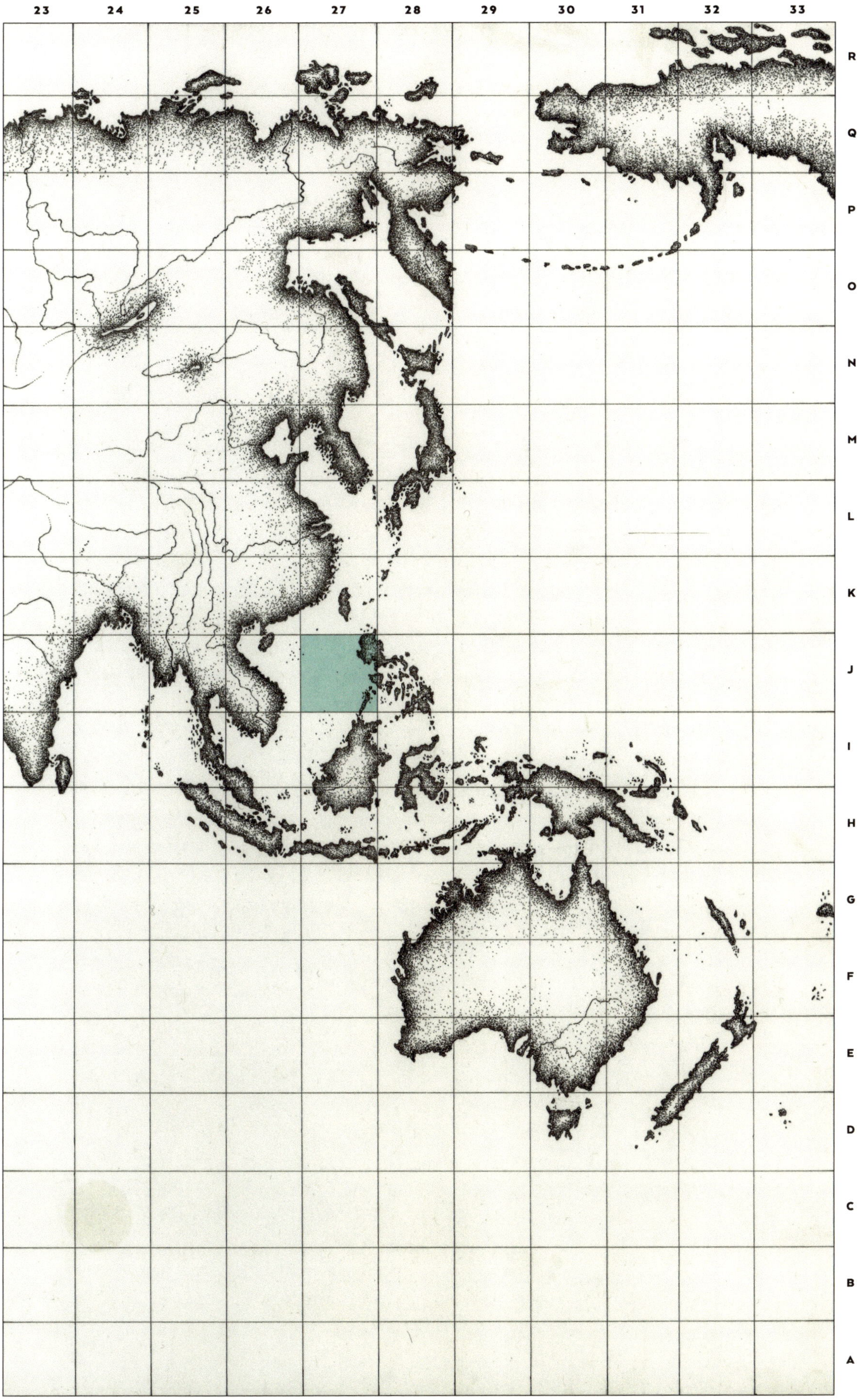

23
24
25
26
27
28
29
30
31
32
33
R
Q
P
O
N
M
L
K
J
I
H
G
F
E
D
C
B
A

1910

KATHI KOBUS

Wirtin im Lokal „Simplicissimus", München, Deutschland

—— ES IST BEINAHE MITTERNACHT. Immer mehr Gäste drängen sich durch den langgestreckten schmalen Gang, der die Wirtsstube mit dem Hinterzimmer verbindet. Sitzplätze gibt es schon lange keine mehr. Die Kellnerinnen haben Mühe, die vollen Tabletts durch das Gedränge zu bugsieren. Soeben habe ich eine kleine Rempelei beendet und die beiden Raufbolde auf die Straße gesetzt.

—— Jetzt schlägt die Uhr zwölf Mal. Polizeistunde. Ich überschlage kurz im Kopf: Wird es sich heute lohnen, die Strafgebühr für das Überschreiten der Sperrstunde zu zahlen? Ich stehe auf. Erwartungsvoll gucken die Stammgäste, aber auch Neulinge und Fremde, in meine Richtung. *„Also, Kinder – heute feiern wir weiter!"* Die Gäste im „Simpl" grölen, stampfen mit den Füßen und heben die Gläser empor.

—— Ich setze mich wieder, der nächste Auftritt gehört meinem Hausdichter. Er betritt die Bühne. Am Nebentisch raunt einer seinem Nachbarn bedeutungsvoll zu: *„Das ist der Bötticher."* Tja, wer hätte das gedacht – jetzt ist er schon bekannt, der Hans. Als er die ersten Male etwas vorgetragen hat, kam das überhaupt nicht an – viel zu ernst waren seine Verse. Aber er hat dazugelernt und spielt inzwischen ein wunderbares Spiel mit dem Publikum. Wer würde auch von diesem Mann mit der großen Nase in dem fahlen Gesicht etwas Lustiges erwarten? Jetzt kommt sein „Simplicissimus"-Lied, da bekomm auch ich mein Fett weg: *„Wo die Kathi still zur Bowle / Mischt das tödlich scharfe Gift."* Aber: Er bleibt immer liebenswürdig. Das ist es, was ich an ihm mag. Er wird nicht vulgär. Nicht wie diejenigen, die denken, hier auf der Bühne sei alles erlaubt. Die dann pöbeln, was das Zeug hält. Erlaubt ist vieles, aber es muss Herz und Verstand haben!

—— Jetzt kommt der Höhepunkt, ich warte noch den Anfang ab – bevor ich in der Küche den Topf aufsetze (Denn um Mitternacht gibt es Knödelsuppe). Bötticher listig: *„Jetzt kommt nicht nur Derbes und Schlüpfriges, sondern eine ganz hundsgemeine Schweinerei!"* Die Leute feixen, denn sie merken natürlich, dass das nicht stimmt. Viele wissen sogar schon, was sie jetzt erwartet: Trotzdem schauen sie gebannt zu, wie Bötticher aufsteht und langsam anfängt, sich in einen kleinen Tanz zu wiegen. Es überrascht jedes Mal neu: diese tippelnden Schrittchen, diese langsam schaukelnde Hüfte. Zuerst scheint es einem so merkwürdig, ja eigentlich geradezu unpassend – doch dann, im nächsten Augenblick, so geht es wirklich jedem hier im Raum, rührt einen diese ernsthafte Anmut, wenn er ganz ohne Musik „sein" Pferdchen auf der Bühne tanzen lässt, wenn er dieses knochig-kleine Tierchen aus einer fernen, vorsintflutlichen Welt zum Mittelpunkt des Geschehens macht. Da wird es richtig still im Saal. Da vergisst sogar der alte Erdball, dass er keine Pause machen darf, und bleibt einen Moment lang einfach stehen.

Hippocampus kuda

Indopazifik

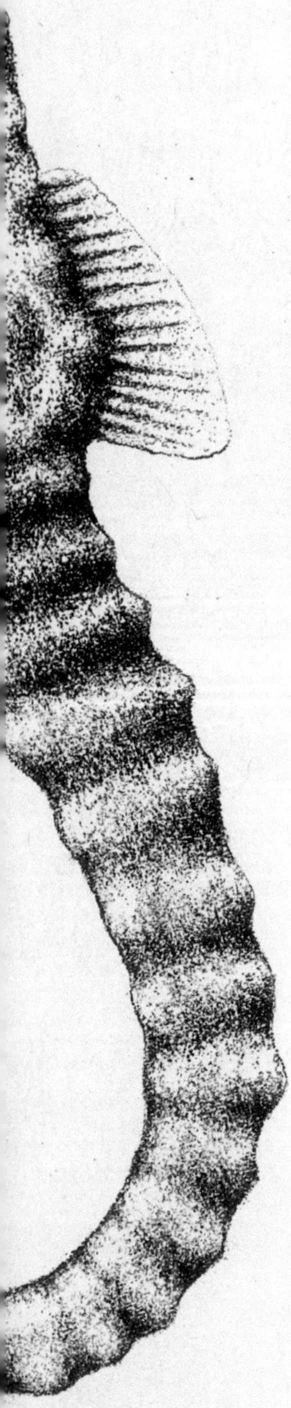

Gelbes Ästuar-Seepferdchen

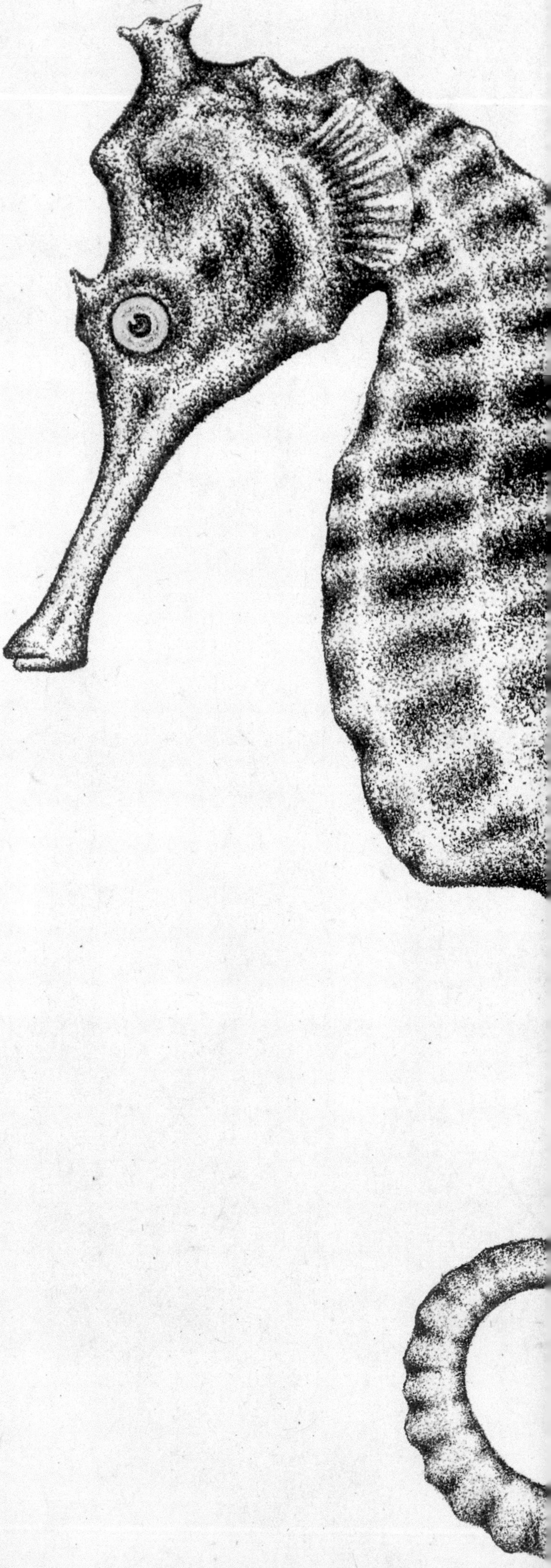

N 16

+++ Als sich Hans Bötticher, bekannt als Seemann, Artist, Poet, Zeichner und Maler, ab 1919 Joachim Ringelnatz nennt, vermuten die meisten, sein Name sei eine Anspielung auf „Ringelnass", den landläufigen Ausdruck für das Seepferdchen. Ringelnatz selbst verliert zwar nie ein Wort darüber, was sein Künstlername zu bedeuten hat. Aber seiner Vorliebe für diesen seltsamen Meeresbewohner verleiht er nicht nur in dem gleichnamigen Gedicht Ausdruck, sondern auch durch einen ganz besonderen Tanz, der rasch zu seinem Markenzeichen wird.

Als ich noch ein Seepferdchen war,
Im vorigen Leben,
Wie war das wonnig, wunderbar
Unter Wasser zu schweben.
In den träumenden Fluten
Wogte, wie Güte, das Haar
+++

12
13
14
15
16
17
18
19
20
21
22
R
Q
P
O
N
M
L
K
J
I
H
G
F
E
D
C
B
A

1958

MAY-LIN

Schülerin der 2. Klasse, Provinz Henan, China

—— KLONK KLONK KLONK – schon von Weitem hören wir sie. Sie schlagen mit Stöcken auf Töpfe und Kannen. *„Sie kommen!"* Xiaolu steht neben mir und blickt über das Feld in die Richtung, aus welcher der Lärm kommt. *„Meine Großmutter wird sagen, dass sich das für Mädchen nicht gehört. Sie wird schimpfen."*
„Ach was. Deine Großmutter kann uns heute nichts sagen. Alle im Land machen schließlich mit." Wir gucken uns an und klettern los. Wir müssen oben auf den Bäumen sein, wenn die Erwachsenen hier vorbeikommen. Jetzt hört man sie schon rufen und schreien. Sie schwingen ihre langen Stäbe durch die Luft. Ich bin eine gute Kletterin. Ich hänge sogar die meisten Jungen aus dem Dorf ab.

—— KLONK KLONK KLONK. Der Lärm schwillt an. Sie feuern sich gegenseitig an und sind ganz ausgelassen. Nie hätte ich gedacht, dass unser kleines Dorf so etwas zustande bringen würde. Nicht ein Einziger ist zu Hause geblieben. Was für ein Freudentag! Ich blicke hinüber zum nächsten Baum, Xiaolu ist auch schon oben.

—— Der Lärm dröhnt in meinen Ohren. Da erblicke ich das erste Nest. Langsam, Zentimeter für Zentimeter, rutsche ich auf dem fast waagerechten Ast vorwärts, noch ein kleines Stück, dann richte ich mich vorsichtig auf und berühre mit den Fingerkuppen den Ast über mir. Jetzt nehme ich all meine Kraft zusammen – ich weiß, dass die Erwachsenen nun schon ganz nahe sind und mich wahrscheinlich beobachten, ich strecke mich und, ja, ich kann mit den Fingerspitzen das Nest zu mir herunterziehen! Ich halte es hoch und zerrupfe es dann lachend mit beiden Händen. Langsam segeln die Federn und Fetzen zur Erde hinunter. Der Jubel ist riesig. Die Erwachsenen stampfen mit den Füßen und machen sich einen Spaß daraus, das Nest mit ihren langen Stecken in der Luft zu zerschlagen. Drüben bei Xiaolu ist es nicht anders. Auch sie hat ein Nest zerfleddert.

—— Es ist ein großartiges Gefühl. Endlich werden die Sorgen ein Ende haben! Nie mehr wird es Hunger in unserem Land geben! Unten stimmen sie das Lied an, das uns alle seit Tagen antreibt. Sie summen die Melodie erst leise, dann immer lauter:
„Du Mistvogel, Verbrecher seit tausend Jahren – heute rechnen wir ab mit dir."

Passer domesticus

Paläarktis

Haussperling

M 25

+++ Mao Tse-tung, Vorsitzender der Zentralen Volksregierung, verspricht den Chinesen ein Land ohne Hunger. Im Jahr 1957 soll die Massenkampagne „Die Ausrottung der vier Plagen“ zur landwirtschaftlichen Produktivitätssteigerung beitragen. Vernichtet werden sollen Fliegen, Mücken, Ratten – und Spatzen. Die Strategie: Überall wird angeordnet, die Nester zu zerstören und die Vögel mit Lärm und Stöcken so lange daran zu hindern, sich irgendwo niederzulassen, bis sie vor Erschöpfung tot auf die Erde fallen. Tatsächlich vernichten die Menschen auf diese Weise schätzungsweise zwei Milliarden Spatzen. Die Folge: Eine landesweite Insektenplage.

Auf der Liste der vier Plagen werden daraufhin die Spatzen von den Wanzen abgelöst – und China importiert Spatzen aus der Sowjetunion. +++

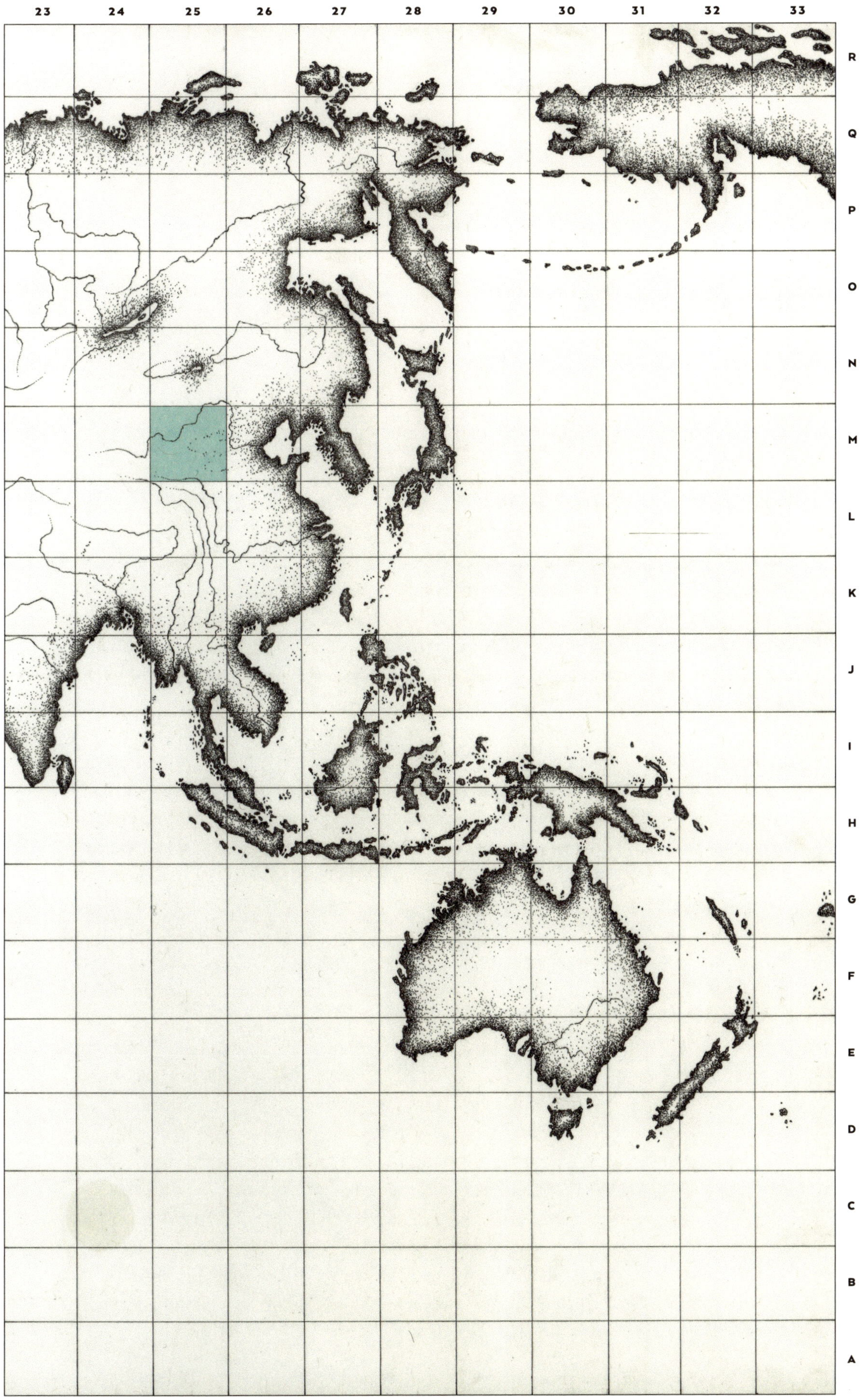
23
24
25
26
27
28
29
30
31
32
33
R
Q
P
O
N
M
L
K
J
I
H
G
F
E
D
C
B
A

2010

AKENO AKIYAMA

Tokio, Japan

— ALS WIR FERTIG GEGESSEN HABEN, stehen wie gewohnt alle auf, und jeder sieht zu, dass er irgendetwas in die Hand nimmt: Meine Mutter bringt die Teller in die Küche, der Vater holt den Whiskey für besondere Anlässe aus dem Wohnzimmerschrank, meine Schwester räumt das restliche Geschirr ab, fegt die Krümel vom Tisch und breitet eine neue Tischdecke aus. Hiroto, mein Schwager, streicht das Zeitungspapier glatt und nimmt sich den Artikel vor, den ich vorhin ausgeschnitten habe.

— Für mich gibt es nichts zu tun. Es ist nicht so, dass ich nicht helfen möchte, aber die anderen waren schneller. Das war schon immer so. Jetzt ist es schon über 30 Jahre her, dass ich das Ingenieurstudium in Osaka abgebrochen habe. Seitdem schlage ich mich so durch. In diesem Sommer war ich bereits Erntehelfer, Tauchlehrer, Hochzeitsfotograf und Clown für Kindergeburtstage. Außerdem reise ich viel. Es fühlt sich gut an, mein Leben. Ich lerne viele Menschen kennen, ich bin frei und ungebunden. Meine Haare an den Schläfen werden zwar schon weiß, aber ich bin in guter körperlicher Verfassung und mache mir wenig Sorgen um die Zukunft. Trotzdem ist es auch diesmal so wie jedes Mal, wenn ich zu Hause bin. Der stumme Vorwurf steht wie ein lästiger Nachbar mitten im Raum, unangenehm wie jemand, der ein zu stark duftendes Shampoo benutzt …

— Hiroto blickt von dem Zeitungsartikel auf: *„Also wenn das stimmt, Akeno“*, sagt er, *„was du mir hier ausgeschnitten hast, dann sollte dieser Staat seine Nichtsnutze doch einfach davonjagen. Dann muss er sie nicht länger mitschleifen und durchfüttern. Die anderen haben dann weniger Arbeit, mehr Platz und mehr zu essen, ist doch logisch.“*

— Ich denke kurz nach. *„Ich fürchte, das wäre keine Lösung, Hiroto. Wenn du weiterliest, siehst du es: Entfernt man nämlich die Problemfälle, dann nehmen nach kurzer Zeit andere ihren Platz ein.“* Alle im Raum halten jetzt in ihren Tätigkeiten inne, um besser zuhören zu können. *„Man weiß inzwischen, dass das Verhältnis von fleißigen Arbeitern und Nichtstuern konstant ist.“* Ich kann nicht ganz verbergen, dass mir dieser Artikel viel bedeutet: *„Diejenigen, die außerhalb stehen, haben offenbar auch biologisch gesehen eine Funktion, eine bestimmte Bedeutung für die Gemeinschaft. Man kann zwar nicht auf Anhieb erkennen, welche. Aber die Forscher wollen es herausfinden.“*

— Ich sehe sie an, erst meine Mutter, dann meinen Vater und schließlich meine Schwestern. Ich sehe, dass sie verstehen, was ich meine – und dass sie sich trotzdem unwohl fühlen, wie immer in meiner Gegenwart.

Formica pratensis

Paläarktis

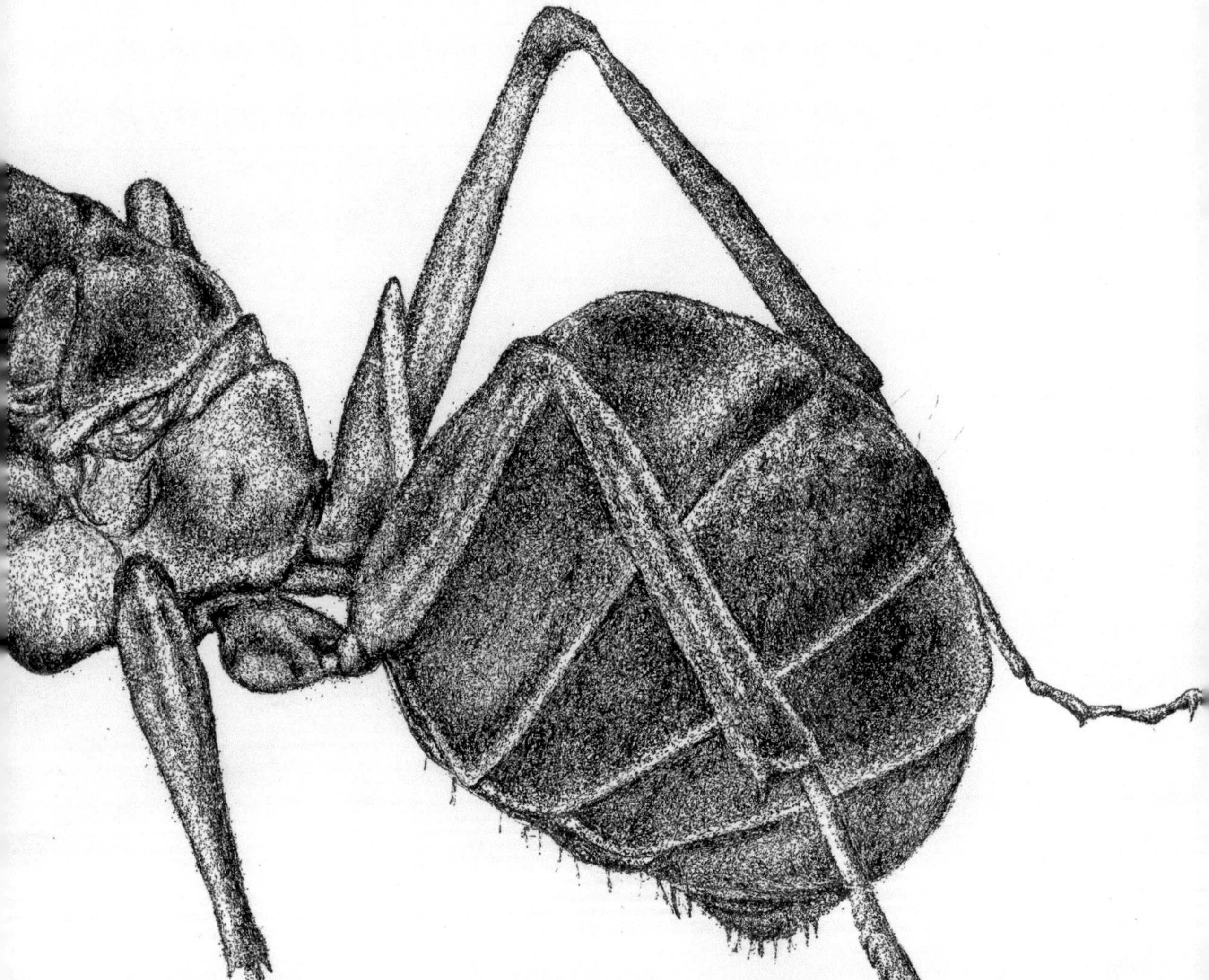

Große Wiesenameise

M 28

+++ Im Jahr 2015 finden Wissenschaftler in Tucson, Arizona, heraus, dass in Ameisenstaaten nur ein kleiner Anteil der Tiere mit Arbeiten beschäftigt ist: 2,5 Prozent der Tiere schuften ohne nennenswerte Pausen, 72,5 Prozent verbringen mehr als die Hälfte der Zeit ohne Arbeit und 25 Prozent der Koloniemitglieder sind sogar die ganze Zeit über mit Nichtstun beschäftigt. Eine Begründung dafür, warum die wenigen fleißigen Ameisen die vielen faulen Ameisen miternähren, können die Forscher bisher nicht geben. Es sei ihnen unerklärlich, heißt es in den Berichten. +++

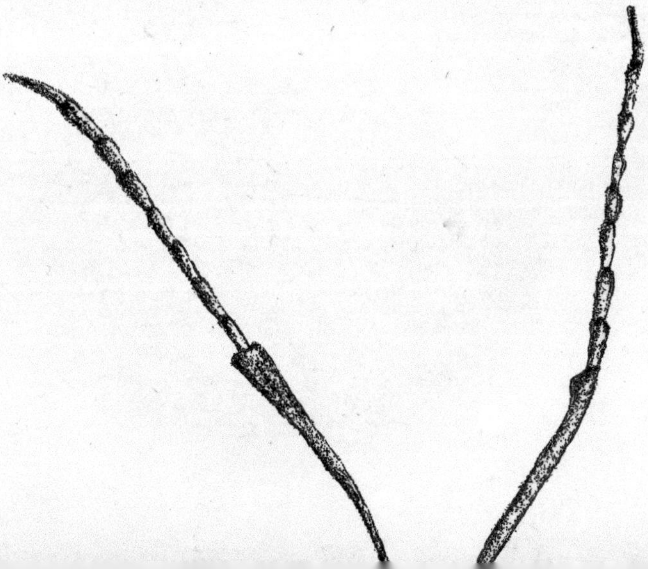

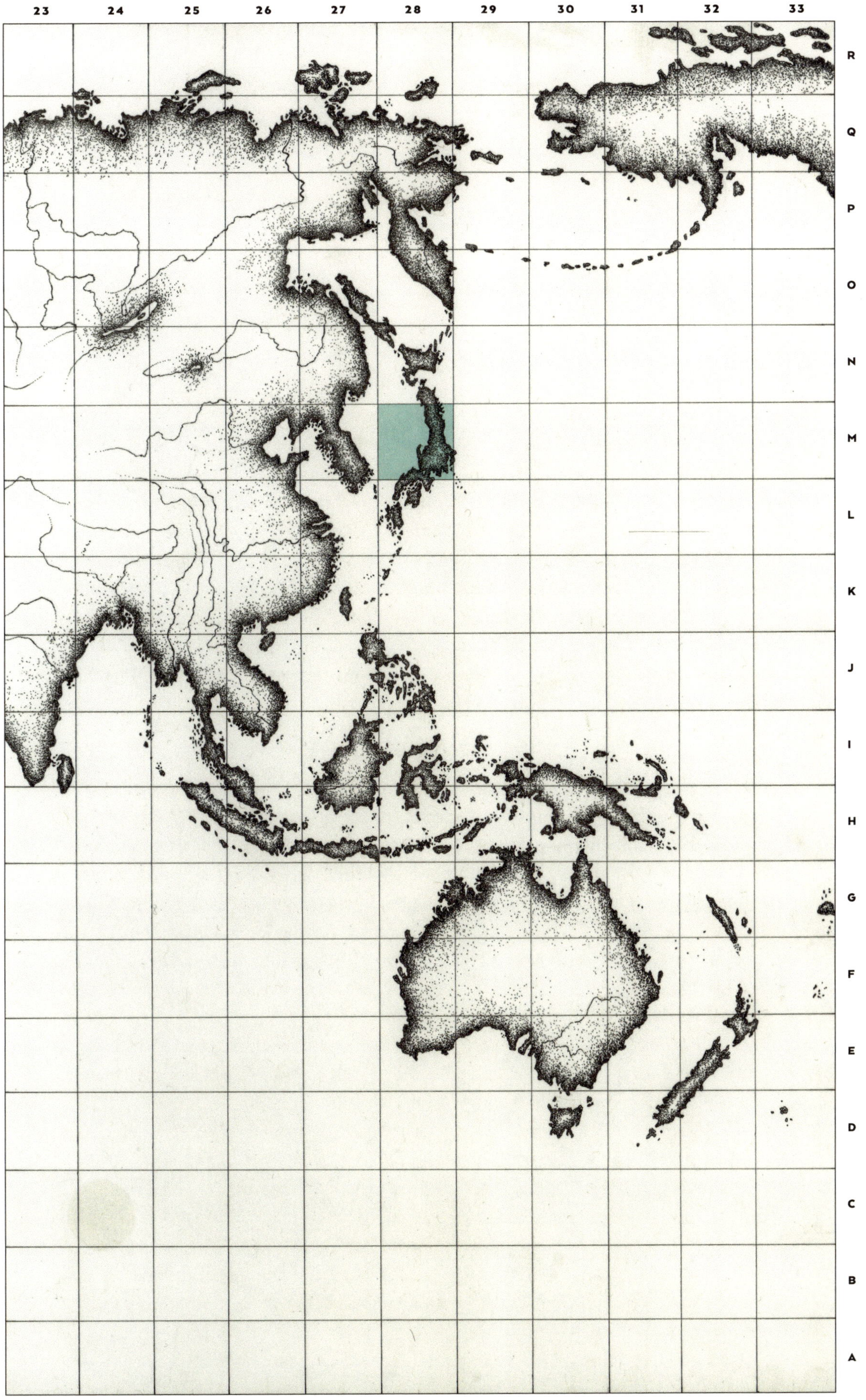
23
24
25
26
27
28
29
30
31
32
33
R
Q
P
O
N
M
L
K
J
I
H
G
F
E
D
C
B
A

1946

MARIA REICHE

Entdeckerin des „Geheimnis der Wüste“, Nasca, Peru

— ES IST NOCH DUNKEL. Wie jeden Morgen stehe ich an der Panamericana, die hier eine viel zu breite Schneise durch das kleine Städtchen schneidet, und warte auf eine Mitfahrgelegenheit. Es hat sich schnell herumgesprochen, dass die Gringa wieder da ist. Sie sind zwar weniger skeptisch als beim letzten Mal, aber es muss ihnen doch zu seltsam vorkommen, dass es mich Tag für Tag im Morgengrauen in die Pampa zieht. In der Wüste rund um Nasca gibt es schließlich kein Leben, keine Pflanze, kein Garnichts.

— Ein Lastwagen hält, und der Fahrer lässt mich auf die Ladefläche steigen. Als ich mitten in der Pampa an die Führerkabine klopfe, lachen die Männer nur. Aber dann halten sie doch an. Ich kann es im Rücken spüren, wie sie mir hinterherschauen, die ich so ganz allein einem breiten Pfad in die Wüste hinein folge. Als der Wagen außer Sichtweite ist, bleibe ich stehen und atme die kühle Morgenluft ein.

— Ich finde die Stelle wieder, wo ich gestern die kleinen, gewundenen Wege entdeckt habe. Da es keine Bäume, keine Felsen und nicht einmal ausgetrocknete Wasserläufe gibt, muss man schon genau hinsehen, um sich zu orientieren. Der große Weg dort und dann die kleinen Fußpfade, die sich durch die trockene Landschaft ziehen, markieren erstaunlicherweise keine geraden Linien. Sie winden und wenden sich ohne einen ersichtlichen Grund hin und her. Das hat mich beinahe die ganze Nacht wachgehalten. Deshalb habe ich heute den Block mitgenommen. Ich nehme ihn in die Hand und laufe los. Mit dem Stift zeichne ich jede Windung auf dem Karopapier nach. Es geht vor und zurück, hierhin und dorthin. Schließlich, nach einer ganzen Weile, sehe ich meine eigenen Spuren im Sand und weiß: Ich bin wieder am Anfang.

— Jetzt schaue ich mir das Liniengewirr auf meinem Block etwas genauer an. Lässt sich darin etwas erkennen, das Weggeflecht einer Siedlung, eine alte Grenzanlage, eine Opferstelle? Immerhin zeigen sich einige Linien in vollkommener Symmetrie. Nach und nach, je länger ich mich in die Muster vertiefe, bildet sich etwas völlig Unerwartetes heraus: Es ist ein Vogel – und nicht irgendeiner, die Wege zeigen einen Kolibri!

— Plötzlich sehe ich das ganze Land rundherum mit anderen Augen. Ich sehe die Urwälder am Amazonas, kaum zwei Tagesreisen von hier, ich sehe das Meer und die Küste, und ich sehe diese trockene Wüste hier, in deren Erde etwas eingekratzt wurde, was kein Regen, kein Wind und keine Vegetation wieder verwischen kann. Mein alter Musiklehrer in Dresden sagte immer: *„Oh Mensch, gib acht!“*, wenn er auf etwas Besonderes aufmerksam machen wollte. Wenn die Menschen damals diese Wüste hier als übergroße Wachstafel genutzt haben, um etwas zu zeichnen, etwas, was bleibt? Worauf wollten sie dann hinweisen?

Coeligena torquata

Südamerika

Brustband-Andenkolibri

D 07

+++ Die Dresdnerin Maria Reiche ist weder Archäologin noch Amerikanistin. Aber als sie 1946 in der Pampa von Nasca Bodenzeichnungen erkennt und aufzeichnet, wird ihr klar, dass sie diese Bilder nicht mehr loslassen werden. Sie erforscht die in den Boden geritzten Linien und entdeckt in der Hochebene von Peru eine Vielzahl großflächiger Bilder, die Geoglyphen. Fasziniert erstellt sie eine erste kartografische Sammlung mit Zeichnungen und Fotografien. Um die Formen besser erkennen zu können, lässt sie sich sogar an den Kufen eines Hubschraubers festbinden. Ihrem unermüdlichen, mutigen und jahrzehntelangen Einsatz ist es zu verdanken, dass die Wüstenbilder 1994 in die Liste des UNESCO-Welterbes aufgenommen werden. Was die Zeichen zu bedeuten haben, ist nach wie vor nicht erforscht. Theorien gibt es allerdings unzählige: Opferrituale, Markierungen für unterirdische Wasseradern, Ufo-Landebahnen. Eines der berühmtesten Bilder ist das eines Kolibris, das Maria Reiche 1946 entdeckte. +++

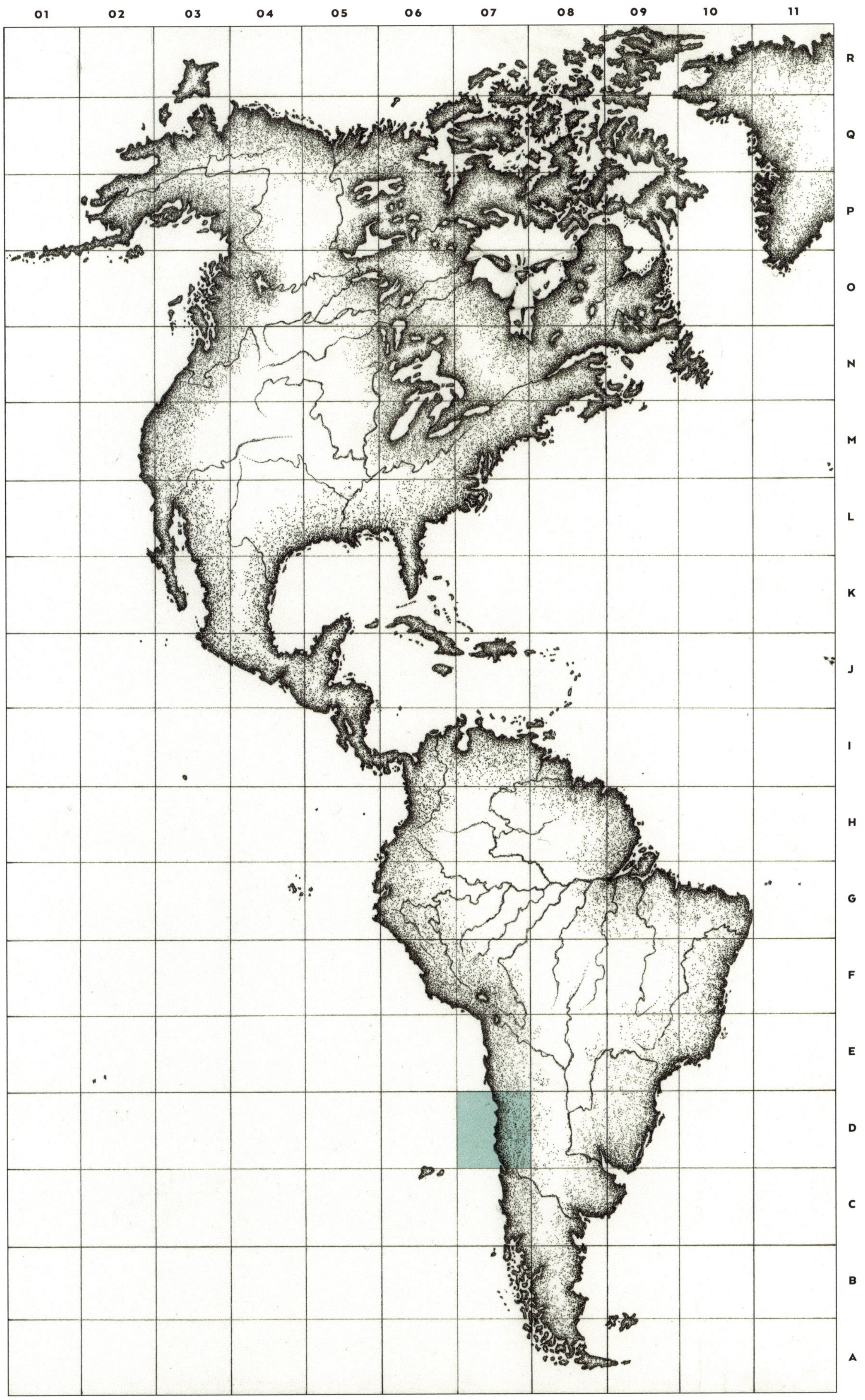

01
02
03
04
05
06
07
08
09
10
11
R
Q
P
O
N
M
L
K
J
I
H
G
F
E
D
C
B
A

ANHANG

ZITATE

— DAS ZITAT IM TEXT *Anophthalmus hitleri* STAMMT AUS:
Scheibel, Oscar: Ein neuer Anophthalmus aus Jugoslawien. Entomologische Blätter, Berlin 1937

— ALLE ZITATE IM TEXT *Ciconia ciconia* SOWIE DER TITEL DES BUCHES STAMMEN AUS:
Kinzelbach, Ragnar K.: Das neue Buch vom Pfeilstorch, Basiliken-Presse, Rangsdorf 2013

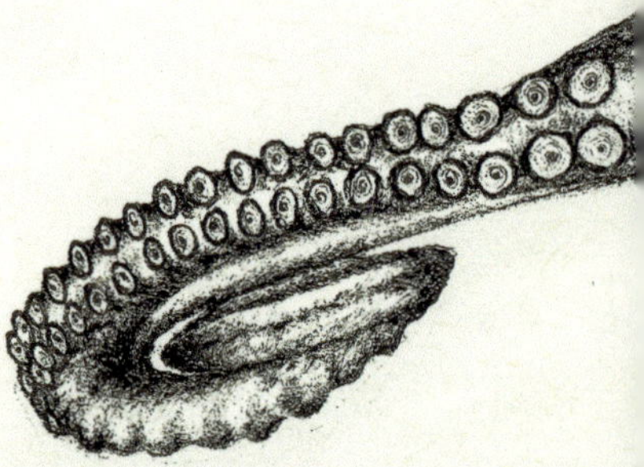

— DAS GEDICHT IM TEXT *Hippocampus* STAMMT AUS:
Ringelnatz, Joachim: Ich bin etwas schief ins Leben gebaut – Gedichte und Prosa, Artemis & Winkler Verlag, Düsseldorf 2005

— DAS ZITAT IM TEXT *Microchiroptera* STAMMT AUS:
Schober, Wilfried: Ultraschall und Echolot. Die Fledertiere dieser Welt, Urania, Leipzig 1996

*„Deshalb wollen wir heute
dieses Geschöpf einmal
ganz frei von all dem
Schrecklichen betrachten,
das ihm angedichtet ...“*

VITAE

FLORIAN WEISS,
Jahrgang 1977

arbeitet als freier Künstler und Illustrator in Berlin. Seit seiner Kindheit interessiert er sich für die Natur und ihre Bewohner, die immer wieder in den Fokus seiner Arbeit rücken.
Seine künstlerischen Ausdrucksformen umfassen die Zeichnerei, die Tätowierung sowie das weite Feld der analogen Fotografie.
Soweit es die Zeit zulässt, geht er auf Reisen, auf Schusters Rappen in Europa oder auch gerne in die Ferne.
Von Florian Weiß erschien 2011 »Ringel Seepferdchen« bei den kunstanstiftern.

LUCIA JAY VON SELDENECK,
Jahrgang 1977

ist Autorin und Pressesprecherin an dem Berliner Theater „Heimathafen Neukölln". Von ihr erschienen die Bücher »111 Orte in Berlin, die man gesehen haben muss«, »111 Orte in Berlin, die Geschichte erzählen« sowie »111 Berliner, die man kennenlernen sollte«.
Die Begegnungen mit den zum Teil bekannten und zum Teil vollkommen unbekannten Tieren an den unterschiedlichsten Orten der Welt und in den verschiedensten Epochen der Zeit haben sie begeistert und immer aufs Neue fasziniert.

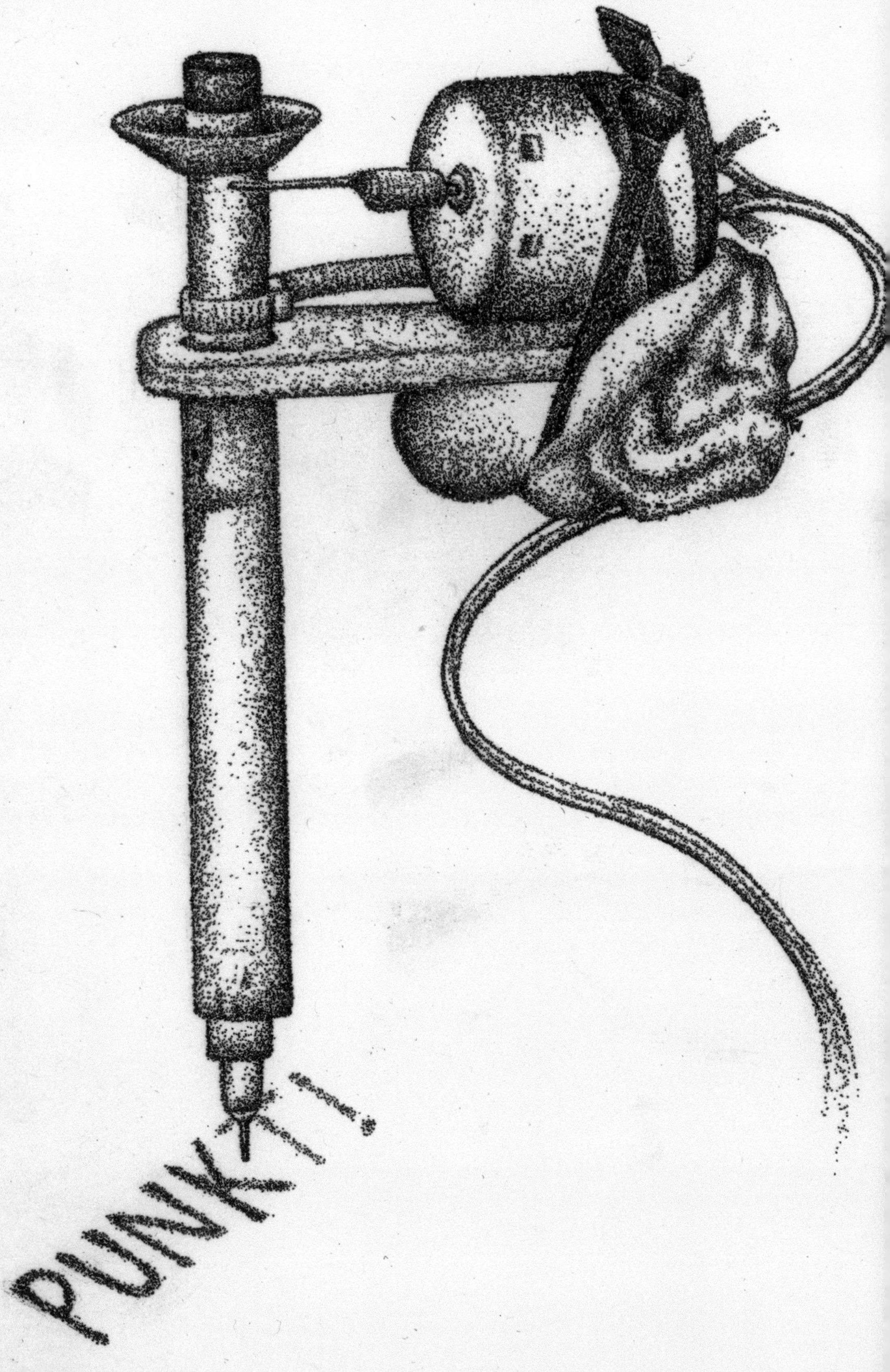
PUNKT!

IMPRESSUM

ILLUSTRATIONEN: Florian Weiß
TEXTE: Lucia Jay von Seldeneck

BUCHGESTALTUNG: Claudia Eder
LEKTORAT: Nele Sell

PAPIER: Fly weiß 0,5
SCHRIFT: Fabiol

DRUCK & BINDUNG: Grafisches Centrum Cuno GmbH & Co. KG, Calbe

♥ HERGESTELLT IN DEUTSCHLAND ♥
Erste Auflage 2017
ISBN 978-3-942795-59-3

UNSERE ADRESSE IM INTERNET:
www.kunstanstifter.de

9 783942 795593

MIX
Papier aus verantwortungsvollen Quellen
FSC® C043106
www.fsc.org

Print CO2 kompensiert
Id-Nr. 1766603
www.bvdm-online.de